努力多久
才可以喊累

艾莉 —— 文

推薦序

不曾失落，就不會對生命感動

我們都曾是被這世界傷害過的孩子，一直無法長成想成為的大人，愈掙扎愈不快樂。也許，那讓人失去一些信仰，卻無法阻止對愛的渴望。如果不曾掙扎，我們便學不會珍惜；如果不曾失落，我們將不再對生命感動。

疲憊的時候，你需要的是一杯熱茶及一個好故事，如同艾莉的《努力多久才可以喊累》，讓你感覺不孤單。而你，也能對別人的故事感同身受，那是身而為人最美的情感，也將是找回勇氣的開端。

作家／陳默安

推薦序

擁抱屬於自己的驕傲

不必拿他人的自卑,來懲罰自己,閱讀艾莉的文字,
彷彿是生活苦悶的療藥,尤其人生經歷了情緒勒索,
職場修羅場,各種人際間各種說不出的苦悶, 會點
頭,會感嘆,會大笑,最後會珍惜大齡後仍活的驕傲
的自己,活著,就該擁抱屬於自己的驕傲。

旅人作家／雪兒

序

明天還會再繼續.

大人世界裡嚴禁說出口的情緒綺憇
拒絕長大
渴望被愛
只想大哭
不想再加油

我們以為只能偷偷在心裡
吶喊著
我們以為沒有人會在乎

你可以帶著天真繼續長大
更應該勇敢帶自己找到愛
想哭就哭得比誰都大聲
累了就放一切
天塌了不會第一個壓到你

給自己一個晚上 一段值得的假期
你比誰都還要清楚
過了今晚 過了這段日子
我們明天還會再繼續

艾莉

目錄

輯一・成為自己／

感謝一路的堅持，才能在多年以後驕傲的與自己共處。

輯二 · 成為朋友

要有原則的任性、堅信的道理，不必一直懂事卻滿腹委屈。

目錄

輯三 · 成為情人 /

只是想找一塊地方，安放自己的心。

詩‧寫給自己的秘密 /223

拆解文字符號，只想知道心中藏著誰。

十｜不如不見｜不輕易許諾｜在你之後｜

我說好｜雨不停｜後來｜剛剛好｜

哪怕別人再辜負｜旅行的意義｜第一個月台｜

單心　擔心｜愛不起的溫度｜幫妳準備好的公平｜

還你那紙幸福地圖

目錄

輯四·成為同事

在下一次的相遇裡，成為各自生命中的不可替代。

輯五・成為家人 /

願世界所有的好，皆與你有關。

輯一。
成為自己 ————————

感謝一路的堅持，才能在多年以後
驕傲的與自己共處。

所謂合格的大人

當年紀還小的時候，沒辦法一個人過日子，現在回想起來大多是因為自卑。那時自卑的情緒太張狂，讓人手足無措的，不是寂寞是落單。在人群中的落單最是難受，因為總擔心在別人眼中，自己是個沒有人願意陪伴的人。

但矛盾的是，很多時候又寧願一個人。

過了呼朋引伴的年紀，每到節日，外頭狂歡的人群喧鬧了一晚，你也一個人躲在家一夜，連燈都不開。
怕被人發現，一整個晚上你都一個人在家。
不是怕人覺得你孤單，更多的是害怕被熱情邀約，反而壞了可以安安靜靜享受的孤獨。

這些年，你開始學會一個人生活，最大的改變是性情。學會了掌握生活的節奏與品質，對這個世界也多了幾分順眼。對世界的順眼，來自於對自己越來越順眼的自在，你變得能心平氣和看淡世事。明白世事有起落，懂得跌到越低就有機會彈得更高，學會了看開。

心境平和時，很多原本容易讓人憤慨的事，
都會被你不當做一回事。

怎麼能夠不那麼容易被激怒，不那麼容易生氣呢？

憤怒的情緒是怎麼也避免不了，但要避免在憤怒之下做出的錯誤反應與判斷。心境夠平和，被挑起的憤怒情緒也能在較短的時間輕輕消化。

情緒一旦恢復平穩後，思緒也能回到清晰，就能理性、迅速地分析相關的利害關係。比方說，當背叛又再一次來臨，除了立即的傷心與憤怒之外，也會知道背叛除了傷害情感，對方的損失反而更多。

他不但損失自己人格的信用、還損失了會真心相待、真正在乎他的朋友。
而你的損失，也不過是一個不值得繼續往來、不必再掏心掏肺對待的渣。

或者，當那些造謠的暗箭又開始漫天亂飛，即使近了你的身卻無法招惹你的心。管不了別人的嘴要編派多少荒謬不實、抹黑的謊言，只能提醒自己不要活在他的嘴裡。**並且管住自己的心，不隨著謠言而起舞。情緒是靠自己控制的，沒有自己的幫忙，別人是沒有辦法左右你、讓你不開心的。**

那些不在乎、不計較不是默認，也不代表那些抹黑你的謠言就是對的。
只是懂了，就算要生氣，這樣的情緒也該浪費在值得、會在乎的對象。
只是懂了，時間要花在願意懂你的人身上，並且把那些計較的力氣用來磨練自己成為更好的利器。
最後也懂了，陷入無止境的爭辯是沒有意義的，當別人不願意理解你，說得再多在他聽來都只是狡辯。

一個會把日子過好的人，不會給朋友太大的壓力。

他會體諒朋友沒說出口的難處，相處時，也不必為了看臉色而彼此勉強。**常常願意配合的，你不見得會當他是朋友；真正當你是朋友的，也不見得願意事事配合。**

如果以願不願意配合的標準來交朋友，最後留下的，應該是「鐘點助理」而不是朋友。畢竟，助理是你花錢請的，真正的朋友卻是掏出大筆費用要買也不見得會有。

別人願意配合你，不代表他特別閒、終日無所事事。

願意配合你是因為在乎而非理所應當，不要因為一個人好說話而佔盡他的便宜、總是讓他吃虧。

人與人的往來就是互相的體諒與付出，老是要求大家配合你，只會提早用盡朋友的耐心配額。

學會把一個人的日子過好，是不是就能通過檢驗標準而成為真正的大人？

這個世界上唯一不被推翻的標準答案就是——

沒有一件事情是有標準答案的。

每天在路上擦肩而過，那些看起來像是把日子過得極好的體面大人，大多都在為了別人而活。

為了讓瞧不起的人羨慕、為了讓擔心的人放心、為了讓想加害的人死心，每個大人都在壓抑真正的情緒與慾望，在自己的戰場上運用最有效的手段達到想要的目的。

不論是多大多小的事，包括要不要去喜歡上一個人，都免不了經過一番算計才決定是否要去做。

因為成為大人以後的我們，不想要再丟臉了，因為成為大人以後我們經不起失望了。

一路上跌跌撞撞，我們學著過好一個人的日子，雖然還是不明白每天到底都在為了什麼忙碌？將來又想要朝哪個方向勇敢大步邁去？

但，至少明白一個所謂合格的大人，那些會傷害別人的言行舉止都是不應該做的，因為被傷害過的我們都知道那有多麼痛。

學習的過程總是漫長而緩慢，我們在慢慢學會的過程中，漸漸成為一個可以好好面對自我、靜靜與自己獨處、越來越喜歡自己、還有對自己驕傲的大人。

情緒是靠自己控制的，沒有自己的幫忙，
別人是沒有辦法左右你、讓你不開心的。

二三十

致 ——

假如那些有妳的歲月裡，我有抓緊妳的話，我們現在會是怎麼樣？
可是沒有，只是錯過，於是沒有答案。

即便在很久很久的以後 我們再度相遇，我們也沒有勇氣再繼續向
前抓住彼此什麼了。

最後說再見的同時，才發現很難，所有的一切都停留在那個有妳
有我的青春裡了，再也不會見的再見。

才三十不到的年紀，你沒想到自己會離死亡這麼近，今天是你參加的第一場平輩喪禮。雖然意外跟明天說不準哪一個會先來到，卻還是沒有足夠的心理準備，在這樣的年紀去面對「人終究難逃一死」這樣的震撼教育。

她是你高中時暗戀的對象，前一陣子才在不知道是誰創立的高中同學臉書社團裡重逢，大家興奮地直嚷著要辦同學會。
說了快大半年，同學會都還沒辦，人卻走了。
原來很多說出口的話，不一定會實現。
原來很多再見，說了卻不見得會再見。

你回想起最後一次見她的場景，是在北上工作多年後的某一天。
那天的你很不意氣風發，每天被業績壓得抬不起頭，不知道自己的未來在哪裡，不知道什麼是真正想做的志業，日子過得茫然。
人生就是這樣，根本不會照著你預想的劇本走，偏偏就是會在最狼狽的時候，遇見了只想要讓她記住自己帥氣模樣的人。
你們第一眼就認出對方，靦腆地點了點頭，緩慢地走向彼此。
當她問起你，「好久不見，最近過得怎樣？」你也只能乾笑兩聲回應一句：
「還不就那樣。」

生活不就是這樣，每天一樣無聊的過，然後在無聊中想辦法把日子再過下去。

你也希望自己有什麼精彩的故事可說，卻害怕說出口的話聽起來只像在抱怨。

那天你壓抑著沒多說什麼，但還是忍不住問了她的感情狀況。

她笑著說自己還在等那個對的人，你開玩笑的回，別再挑了，搞不好對的人就在眼前呢。

你用玩笑掩飾自己的真心，大人們都是這麼做的。

對真正喜歡的人說不出口，面對討厭的傢伙還要裝做喜歡。

沒想到，終究還是成為了自己討厭的大人模樣呀。

那次要跟她道別時，你根本不想說再見。

如果知道那一次的再見是再也見不到，自己能不能多勇敢一點點？

你一直願意面對長大這件事，卻從沒想到長大會如此地痛。

小時候一心一意急著長大，彷彿「長大」是萬用靈藥，可以解決當時讓你頭痛的所有困境。

以前在河堤旁鬼混的那群小鬼頭，放學後沒事就聚集在一起。打球、跳繩、騎單車，什麼想得到的事情都可以在河堤邊上進行。當初的你們不覺得長大有什麼困難，不就是日復一日在這河堤邊上歡笑著、打鬧著就自然長大。

不管是被體罰、或是跟隔壁班女生告白失敗，這些過往羞愧的糗事，都將成為長大後笑著提起的往事。

只是，當初的你們都沒有想到，長大會是噙著淚水邊疼痛地進行。

當你又長大了一點點，來到了和她相遇的高中歲月，記憶裡的日子總是陽光般燦爛，跟死黨們天天耗在一起都不覺得無聊。青春時的藍天白雲天天高掛著，讓人看到發膩。
習慣過著那樣的好日子，卻沒想過總有一天會結束、沒想過你們會有走散的一天。

總有那一天，你們都會變老或是有人先離場。
當年一起翻牆逃課的人，到了現在有些連臉孔都已經模糊到想不起來了。
但，你還記得她過度緊張漲紅的雙頰。
你記得當時那個畫面，她從圍牆往下跳，黑色的裙擺開成一朵好看的花，蹦開的百褶裙下是她白晰修長的雙腿，你別過頭去不敢細看，覺得自己的心臟快迸出了胸膛。

在那一事無成的青春裡，喜歡上她是你最大的成就。

那時的你，以為只要想見對方，隨時都能再見，卻沒有想到長大這件事會把你們分隔成兩個世界的人。
好不容易又相見了，然後卻再也不見了。

你幾次想過要找她，
只是你覺得自己還不夠好，好到足以讓她依靠。
你以為人生還有的是時間可以消耗，
現在才明白了凡事都要趁早。
現在的她是一座你無法觸及的孤島，
世間的喜怒哀樂都無法討好。

你用力抹掉滑下的淚，哽咽著對我說：
說起自己的悲傷時，都像是在談論別人的笑話，大人不都是這樣
子裝作堅強的嗎？
我看著你，心想———
原來，每個大人都只是個脆弱的孩子，滿腹的心事找不到一個願
意側耳傾聽的人。

大人世界不是一座無憂無慮的遊樂園，每個人都會做出對自己最
有利的盤算。每日每夜這樣的生活著，然後也就慢慢搞懂了很多
學校裡沒教、老師沒講這是重點，但被人生逼迫邊掉淚邊學會的
事情。
學了一輩子的離別，也沒有變得比較容易。
學了一輩子的再見，多揮手也不會更拿手。

只是妳呀，
說了再見，怎麼忍心真的再也不見。

每一道劃在身上的傷口

活到了一定歲數的我們躲不過受傷的時刻、也免不了在有心無意中傷害過別人。並不是只有惡意才會劃出傷口，無心之過反而會留下更深的陰影。

就算是出過幾本書，也幸運地擠進暢銷排行榜，你卻還是不敢輕易稱自己為「作家」。在你看來，「作家」必須有一定的等級，頂多只敢稱呼自己為作者。

幾年前，曾經有個想要出版旅遊書的女孩來徵詢過你的意見，你毫無保留分享了自己的經驗。

沒想到事隔多年，居然在前幾天有些難聽又傷人的話傳回到你的耳裡。

女孩當時苦於不知如何下筆寫出可以打動出版社的企劃案，因而來請教你。當時只是很坦白的告訴她，自己從來沒有寫過企劃案，都是跟編輯聊過後就決定出書的。

你萬萬沒想到，這些實話在她聽來很是刺耳，讓她不屑你的容易，也不平衡自己的千辛萬苦。

你聽見這些她當時沒說出口、不愉快的情緒時，只能苦笑。

沒見識到別人辛苦的過程，為何任意斷定別人過得容易？

不要隨便看輕一個人，除非你擔過他肩上的重量。

你沒有跟女孩聊到的是，雖然從來沒有為了出書寫過正式的企劃案。但是，曾經，沒有人願意幫你出書。

在網路興盛的年代，你受邀在幾個網站上固定發表文章，扛著

「專欄作家」的風光名號寫了一、兩年，雖然累積不小的知名度，心裡總是不踏實。

老派的你喜歡紙張的觸感、文字烙印在紙張上那股味道，心中始終渴望文字以書的樣貌呈現。

主動來約談要幫你出書的幾家出版社，不是把出版計畫講得天花亂墜後人間蒸發，就是稿子要去之後久久沒有得到後續，追問了許久，才逼出真正的答案：總編輯說，你的文字不夠深刻。

這些不順遂的過程就像一連串小小的轟擊，炸掉原有的自信，讓你不僅開始懷疑起自己的文字，甚至一度放棄寫書的念頭。

但，人生時常是這樣的，原以為走到斷崖沒有路，卻沒留意可以一步登天的纜車入口就在自己的右手邊。**眼前的困難輕易障蔽了視線，沒發現希望就在你願意換個角度看過去的前方。**

只是，自我懷疑總是讓人盲目，不敢再輕易相信自己能辦得到。

日本漫畫《仁醫JIN-仁-》裡有句話：「老天爺不會給你跨不過的考驗。」

你對這句話的解讀是，知道你辦得到，才要為難你。

有時候，老天爺之所以不停地為難，只是想確定你到底有多想要做到這件事。畢竟，太容易得到的，總是不容易被珍惜；太簡單辦到的，總是更簡單被捨棄。

你更少跟人提起的是，在成為專欄作家之前，還有過一段「沒有

名字」的寫作生涯。說得好聽一點，就是「影子作家」，所謂的代筆人。

你幫很多人寫過自傳書、美容書、減肥書，也改寫偶像劇劇本成小說，這些出版品的共通點就是：不會有你的名字。

你常笑著說，這些是沒有靈魂的作品。你出賣靈魂換取金錢，領了以字計費的酬勞，就去旅行。當時的你，覺得好像也沒有什麼不好，現在回想也記不得有多少出版品。

機會這樣的事情，有時來得很快，快到根本來不及準備。

那時，突然有個人出現了，他相信那個你還不明白的自己，還與你簽下經紀約，要你開始用自己的名字寫作，於是就這樣寫了好幾年。

在終於可以出書的前夕，你開心的向某位朋友說到這項好消息，他卻對你說：

「你以為他們為什麼要幫你出書？可以寫的人這麼多，為什麼他們會選上你？不是因為你寫得特別好，而是你的媒體人身分。」

他接著說：「挾著媒體人的光環，出版社認為一定可以賣得很好，才會願意出版你的書。」

這句話重重傷害了你。

過了很久，因為懂了朋友的心情之後，才釋懷了他的惡言。

他曾經出版過幾本小說，文筆極好、故事動人，只可惜市場反應普普。他那忍不住想要跟你一較高下的小心眼，那些羞於承認、說不出口的嫉妒，全來自連自己都不知情、或是早已經遺忘何時

被劃下的某一道傷口。

他羨慕你現在的風光，卻不明白那是因為你把之前的憔悴藏得太好，誰也見不著。

我們都曾經有過夢想，不論大小。

談到夢想時、談到真正想觸及的目標時，我們的臉上會散發著迷人的光彩。

只是，當發現自己距離夢想越來越遠，根本無法辦到時，夢想會變成一把利刃，在心中劃下一道道深不可觸的傷口。

曾經的夢想變成現在避之唯恐不及、連提都不能提到的話題。

你無須為了自己達成夢想感到愧疚，沒有人比你更明白，這一路是怎麼走過來的。至於，那位最後沒有順利出版旅遊書的女孩，對她來說，再怎麼婉轉得體的表達，還是有可能對她造成傷害。因為無法預料到她哪一道人生傷口，會在聽到你哪句話時自尊心受挫。

再善意的表達，聽進有心人的耳裡，都可能造成當初始料未及的傷害。我們無法一一設想最周到、最不傷害每個人的詞句。

不管是性格上的扭曲、個性上的缺陷、做事態度的偏差，這些都是每個人自己的罩門，都可能因為預想不到的話而受傷。

偏偏，我們很常被波及，進而懷疑問題是不是出在自己身上，是不是自己說錯了什麼？

不必拿他人的自卑來懲罰自己，我們不是聖人，驅趕不了他心中的魔鬼。

原來一切早已安排好

妳是從什麼時候開始覺得自己像個大人的？

是在那一個深夜，剛開始工作後的第二年。漆黑的辦公室裡空空蕩蕩，只有妳這一區還亮著微弱的桌燈。

為了寫腳本已連續熬了幾天的夜，就算已經累到睜不開眼，但隔天一大早又有動腦會議，妳還是認命地留在公司加班。

突然想到好一陣子沒報平安了，打通了老家的電話，一聽見媽媽的聲音還沒開口就已經哽咽。匆匆說了幾句話，接著就在空無一人的辦公室裡，無聲地痛哭了起來。

就在那一場大哭之後，才明白原來這就是所謂的大人啊。

已經無法任性地轉身就說要回老家，因為還有每個月待付清的房租與帳單、每週寫不完的腳本、每天開不完的會要面對。

在這樣一邊摸索長成大人的過程中，也理解了一些似是而非的道理——

不是只有妳會被找麻煩，每個人都有自己的主管要應付。

妳把時間用在哪裡，別人是看得出來的。

小聰明或許可以贏得一次勝利，

但最終的結果還是取決在妳有多努力。

這世界當然不公平，努力是妳唯一可以爭取公平的機會。

妳無法改變自己的爸爸是誰，卻可以改變自己是誰。

還有，還有，妳花了好長的時間才搞懂的事——

不要以為好人就不會碰上壞事，也不必抱怨壞人怎麼還沒有報應，本來就沒有人會照著公平正義在玩遊戲。

剛開始工作的那幾年，開心與不開心的情緒交互穿插。妳終於有了企盼許久的獨立生活，可是，工作的成就感跟收入卻沒有齊頭並進。

幾場來得自然去得突然的戀愛，像是邱比特的試射練習，只留下一些潦草的印記。如今，四十多歲的妳走過了一些無法避開的旅途，心境也已大不相同。

還是得走上這一條路，就算已經預料到沿途的坎坷；還是得爬上那一座橋，明知很費力會讓妳膝蓋直發疼。

在旅途的一開始，妳總是踩著急促的腳步，想要筆直地往前衝，只願意花最短的時間就想抵達終點。可是，人生就是要帶妳繞過了一個又一個彎，要妳在每一個轉折的角落學會停下腳步。

在妳終於累到不得不停下時，才會遇見沿途中未曾聽說過的美景，更棒的是，這些沿途的獲得都是妳的，沒人能拿得走。

於是，妳腳步開始學著放慢，心情從從容容，體會到唯有心平氣和才能好好面對所有。

從前的孤單、不被瞭解的都成了過去，那些錯愛的曾經也不是平白無故的攪局。那是為了讓妳明白在愛情中，心中真正想要的是什麼。

畢竟心痛過後的學會，總是比較容易記住。

妳曾經羨慕過別人的那些，歲月最終都會帶來給妳。

人生比我們預想來得狡猾、暗藏無數心機，更可惡的是，它還比我們更瞭解自己、還把我們摸得一清二楚。

它會在妳失望透頂的時候，給一些甜頭，好讓妳不會死心絕望；在挫折、打擊總是沒完沒了的衝著妳來時，好事卻突然發生。

然後，妳就覺得好像又可以繼續把日子過下去。
然後，妳會繼續相信幸福就在不遠的轉角等妳。

我們一輩子要經歷的幸福與苦難，早已分配好了每個人足以承擔的額度。
細數從前，好像也懂了，根本不需要什麼時光機回到過去。就算回到二十年前，也不會改變這一路上的任何決定。每一個選擇伴隨著當時的自己，都留下了最難以替代的曾經，不管是淚也好是笑也好。
那些流不乾的淚、好不了的痛，到了今天都成了一抹微笑，每一道傷疤訴說著每一段故事。
曾經的勇敢、一度的脆弱，不論以往發生過什麼，不管那時身邊有沒有人，妳都陪著自己走了過來。

在這麼久之後終於知道，人生為妳安排了些什麼。
比方，他的不告而別。反而幫了沒辦法離開不快樂愛情的妳，劃下句點。
比方，在年紀還太小時就被遺棄。是要讓妳知道，沒有人會理所當然的一直都在。

原來，人生早已幫妳設想好了，一定要先遇上步步逼近的磨難，才會留心地學會這麼多，才能促成今天這麼好的自己。

人生總不會天天放晴

人生比你想的難一點卻也簡單一點。
人生難在要把日子過好的訣竅，只在簡單的一個轉念。

當你沉浸在憤怒的情緒中，自然沒有一件事看得順眼。內心平靜了、願意先送出笑容時，會發現全世界都以笑容迎接著你。
說穿了，在這說短不短說長不長人生裡，每一天影響著過日子心情好壞的，就只是自己看待事情的角度。

在你即將去新公司報到前，朋友多嘴地提了一件事。雖然，她也只是聽說。
聽說，未來的主管是個情緒起伏很大的人，擔心不好相處，要你多加留意。但，你並沒有放在心上，只以平常心去面對新環境的挑戰。

經過一個月，你沒發生任何跟新主管相處上的問題，倒是親眼目睹了幾次她跟大主管的衝突。
大主管經常朝令夕改，只要客戶壓力一來見苗頭不對，就會立刻要你們更動企劃案，不管是已經在執行中的，或當初根本是他自己提案的，一律都要改。完全沒有原則，也不會挺身捍衛自己部門發想的創意。
一聲令下就要改，自然苦了為專案熬上幾天幾夜的你們，主管幾次忍不住氣到拍桌對他大罵，他卻只是聳了聳肩一副事不關己，還對她說：
「妳情緒管理也太差了吧？」

聽到這句話時，你突然懂了。原來，他就是那個「聽說」的來源。原來，問題不在拍桌的人，問題出在把她惹到拍桌的那個人。

我們靠在一整片的落地窗前邊遠眺河景，邊聽你說著在新公司裡的適應狀況。
你突然回過頭，看著曾經熟悉的公司大門口的天花板。
「那個逃生燈是新安裝的嗎？」
我順著你的視線望過去，那盞逃生燈至少已經屹立不搖了三年，而你也不過才離開三個月。
「是你從來沒有從這個角度看過這家公司吧～」
我笑著說。

以往你每天上班的動線都是出了電梯、走進大門、刷卡、進辦公室。你何時會好好站在大門，好整以暇地端詳整間公司的外貌？
看事情的角度因為心態不同，就突然會有全新的發現，即使這個新的發現，是已經存在很久的事實。

上個週末我幸運地在大雨來襲之前，跳上迎面而來的公車。
回家路遙遙，我決定閉目養神度過這段時間，但鄰座女童稚嫩童音的發言，還是鑽進了耳中。
「媽媽～為什麼下雨了呢？」
聽見這個問題我心中一驚，忍不住替媽媽緊張了起來。
好難，我想。
根本不知道該怎麼回答。

「唉呀，老天爺就是這樣子的嘛～」媽媽好聲好氣的說。

「隔個幾天就要下一下雨的，不然，以後沒水喝了怎麼辦？」

原來如此，老天爺就是這樣子的嘛～

上台領獎的人不是妳，並不是妳努力不夠也不見得是她比妳努力，也許當時的她就是比妳多了那一點幸運。

只是當我們不順遂時，就會怨天尤人覺得自己特別倒楣、指責老天爺並不公平。

但你忘了，你曾經也有過幸運的時候，只是那時候的你以為得到的一切都是理所應當。就算當時的你幸運的有點心虛，也不明白到底比別人多做了什麼樣的努力，而值得了這個成就。但老天爺並沒有這麼多的心眼，人生有時候就是會順遂，有時就會是谷底。

我們之所以一直覺得自己很倒楣，那是因為，人在倒楣的時候免不了懷著對老天爺的恨意，而壞事毫無意外地總是會被記得特別清楚。

但事實是，老天爺並沒有特別為難你。

因為，祂根本不知道你是誰。

祂沒有特別偏愛誰也沒有蓄意要懲罰誰，好事壞事就是會不停地穿插在每個人身上發生。

覺得自己總是衰事連連、禍不單行，那是因為你忘了好運發生時的開心。

覺得自己幸運到不行，往往心想事成是因為妳選擇了只記住發生的好事。

與其記住壞情緒，為什麼不回想快樂的時候呢？

相信好事總是發生在自己身上，好事就會總是發生在自己身上。

老天爺就是這樣的，不會讓你總是遇到晴天。

偶爾天雨了，除了是要妳儲儲水、也要妳儲備能量。

好在下一次天晴時，盡力綻放。

與其記住壞情緒，為什麼不回想快樂的時候呢？

不要成為自己討厭的那種人

這一路走來，你一定遇過許多無法理解的事情，那些懂得逢迎拍馬的人比認真做事的還倍受肯定，老老實實應付生活的人卻又常無端被造謠攻擊。

你想不透這其中的道理，甚至還想過是不是乾脆變成那種討厭的樣子，離成功才比較近。

只是想歸想，你始終做不到。

若真要處理那些讓你討厭的人、討厭的標準，最好的辦法就是 —— 放下它。

讓這些狗屁倒灶的事一併遠離你，眼不見為淨自然心就不煩。

每個人各有自成一套的人生哲學，既然無法理解也就別再繼續糾纏。

只是在經歷過這些討人厭的事情之後，你該怎麼不被動搖，依舊帶著以自己為傲、喜歡自己的心無畏地走下去？

在被中傷前，總是那麼相信人的你，是否能再全心信任？

在被誤會前，總是熱心助人的你，是否還願意無悔付出？

你，還是原來的自己，卻又已經有些不同。

不是不再相信別人，而是學會了要經過相處後，才能真正看清一個人。

不是不願再幫助人，而是懂了先顧好自己，再把剩餘的時間力氣給人。

曾經那麼在乎別人對自己的看法，在經歷糟糕的惡意中傷後，如今也不再那麼糾結。不是不在乎，而是懂了誰才是該在乎的對象。

來到我們生命裡的人，很多人都只是路過、僅僅與你擦肩交錯而過，因為他們隨口的三言兩語，就賠上自己的心情怎麼換算都不值得。

那些真正在乎你的人所說的讚美最真心，批評最用心，你才真正應該交心。

遭受背叛之後，你學會了看起來最友善的人也許身後藏著刀，等著在你最沒有防備之時，往你心口直直插。也終於恍然大悟了，就算暗箭漫天飛、黑鍋近你身，不是你的錯就不必替任何人扛。**那些只會消耗你的人、整天忙著說你不好的人，只要不跟著攪和，他們就無法得逞，也無法阻撓你變得閃亮。**

當然，自己的標準跟想法並不完全都是對的。可是，為何那些整天大搖大擺偷懶的同事，主管總是睜一隻眼閉一隻眼？你不明白自己的努力，怎麼得不到主管的青睞。

看起來做事行雲流水的同事，總是三兩下就把工作完成，是因為他有本事、懂得做事的訣竅。**職場要的從來都不是一個最努力的人，他們要的是能拿出最好成果的人。**只要結果讓老闆滿意，過程經歷有多辛苦、使出了哪些手段，他們大多並不會在意。

在結果不盡如人意時，總說著自己已經很努力了，那只會更顯得你的無助及多餘。既然沒有別人的天分就只能加倍的努力，結果不如預期，說穿了，就是你努力不夠。

不要老是跟主管說，你已經盡力了，那只會讓主管覺得你就是沒那個能力。

你夠努力不代表就必須被看見、被表揚。你夠努力只是對得起自己，你的努力還必須對得起主管、對得起老闆、對得起每個月的薪水。

不要成為那種整天只會抱怨，卻不知道找出問題在哪而不求改進的人。

偶爾的抱怨能抒壓，但天天抱怨只會與人漸行漸遠，不只影響了自己的情緒，也影響了跟別人的往來。

這一路走來，只有你最明白自己經歷過些什麼。

你塗塗改改自己的夢想、反反覆覆摸索著自己想要成為的大人，卻始終沒有改變內心當初的自己。

更慶幸的是，你一直擔心的並沒有發生，那些可恥的、討厭的習性沒烙印在身上，成為你所厭惡的那種人。

如果連自己都討厭自己了，就算是世上所有人都為你的成就而讚嘆，卻也無法獲得真正的開心。畢竟，你的個性就是沒有辦法替討厭的人開心，你就是這樣子的一個人。

試著感謝自己這一路的堅持，才能在多年以後還可以驕傲的與自己共處。

今天，你好了嗎？

不管你手上是哪個版本的《小王子》，翻開書本的第一頁都會讀到這段話：
所有的大人都曾經是個孩子，只是他們大多忘記了。

是從哪一次拆開聖誕禮物之後，你不再半夜裝睡等著聖誕老人？
是從哪一次吹熄生日蛋糕上的蠟燭以後，你不再相信童話故事？

你早就忘了那則小時候寫下的、頁面都泛黃的「我的志願」，忘了那個你曾經一心一意要努力前進的目標。
開始工作之後的每一天，都不由自主地被時間推著走。甚至，還不確定前進的方向是不是想要到達的地方，日子依然飛快地走，在還來不及警覺的時候，就過了三十歲的生日。

每天出門上班跟所有人一起搭地鐵、進電梯、坐辦公桌，分明處在人群之中卻仍覺得自己是一個人。
有時會覺得孤單，也總有些心事堆著，偶爾也想跟誰說說話。只是，拿出手機打開聯絡人名單從第一個滑到最後，卻不知道該打給誰。
不是沒有朋友，自認人緣向來很好，朋友有事你都是第一個出手幫忙，只是當自己有了麻煩卻怎樣都說不出口。

你不知道心事要說給誰聽，也不確定誰願意分攤你的累而不怕是麻煩。

呆看著那些存在手機裡的聯絡人，雖然常見面卻沒把握算不算是朋友。

心裡那些事就是沒辦法對他們說出口，就算是說了，他們也不見得會懂。這幾年下來，越來越懶得解釋自己。

那些很懂你的、根本不必多說的，只要一個眼神就能明白彼此想法的朋友，被盲目忙碌的生活帶離了你的人生。

原本的親密被距離沖淡，你們變成了想聯絡卻怕是打擾的關係。

於是開始習慣一個人處理自己的心事。

你以為自己是朝著成功人生走去，但可以好好說說話的人、能夠好好吃頓飯的時間都像是種奢侈品，入手不易。

每天努力成為一個得體成熟大人的你，忙著安慰別人、關心別人。是不是忘記了最該關心的人其實是自己？

是不是老忘了問問心中的那個孩子：

今天，你好了嗎？

今天，你好了嗎？

安心亞《哈囉》這首歌裡的一句歌詞，關心的對象是每一天匆匆忙忙的你。

今天你好了嗎？

有沒有又離傷心遠了一些。

有沒有多往開心近了一些。

最該好好保護的人是自己，但我們總是忘記。

最該好好關心的人是自己，但我們不以為意。

最該好好相處的人是自己，但我們刻意逃避。
是害怕停下匆忙的腳步，面對自己那些無法入眼的累累傷痕？
是害怕靜下來獨處，坦白面對自己卻反而無言以對？

我有個朋友，她沒有辦法一個人待在家裡，面對空蕩蕩的屋子，
心裡充滿害怕。
但，怕什麼呢？
「好像會被強大的孤獨感吞食」她說。

她在前幾年恢復了單身，解除了一段婚姻關係。從兩個人變回一
個人，要重新適應調整的事情很多。料理的份量、垃圾袋的公升
數、床上多出的位置、心中空出來的角落，還有做回朋友後問候
時的溫度。
她一直以為自己過得很好，在離開他以後的這幾年也談了幾次的
戀愛。
「可以再談戀愛，就代表自己已經好起來了吧？」她問我。

今天你好了嗎？這個問題並沒有一個標準答案。
我們都是那種不論再堅強偶而也會脆弱的大人，日子過得好或不
好，答案只有自己最清楚。

日子如果總是過得像是為了對別人交待跟討別人喜歡，只怕活得
會越來越不像樣。別輕易把那些因為一些耳語就跟著中傷你的人
看得太重，他們終日只活在計較他人的盤算中，誰哭誰笑對他來
說，都只是過目即忘的八卦。

你該在乎的人不多，只要是那些真正在乎你的人就好。

就算傷痛已經好了、真的都不痛了，還是會覺得自己軟弱到像是隨時會被扳倒。可是，當你終於不再害怕讓別人知道自己也會脆弱，也不再逼著自己必須立刻堅強起來，並且允許自己一個人可以脆弱，正是你變得強大的開始。

之後又變成兩個人的你，也許還是無法讓人看見眼淚，卻至少找到了那個能夠依靠、可以哭濕的肩膀。你喜歡他，不是因為沒有人陪而是只想有他陪，那就好好開始你們的一輩子，越早開始越好。

允許自己一個人可以脆弱，正是你變得強大的開始。

如果可以遇見過去的自己

小時候的妳如果遇見了現在的自己，會感到驕傲嗎？

如果可以提醒小時候的自己，
妳最希望她可以避開一些什麼事呢？
妳邊笑著邊隨手列出洋洋灑灑的清單，像是：
高二那年騎著腳踏車滑下學校旁那個長長的坡時，不要因為過度
緊張只按住前煞車，現在妳的大腿上就會少一道疤。
大一選修的日文課，不要被第一次上課時的日文自我介紹嚇到退
選，妳的日語能力會比現在強很多。
不要拿一些無聊的事考驗初戀時的那個男孩，不要一天到晚想著
戀愛什麼時候會結束，在那個絕美的校園裡至少要談上一次完整
的戀愛。

可是，回想起那些錯誤百出的曾經，那些困惑青春裡透出酸甜的
記憶，妳一個也捨不得放掉。
**那些手忙腳亂的印記，那些疼痛雜踏的過往，都是妳成為現在的
自己一路以來的累積，沒有一個是妳想要改變的。**

所以，妳滿意現在的樣子嗎？

好像有了點什麼成就，卻又離所謂的成功差太遠。
受了不少的傷，受夠了勢利卻也受到不少的幫助。
越來越提不勁認識新朋友，懶得再交代自己的過去；跟老朋友窩
在一起卻是格外放心，幾個人開心地大吼大叫，不怕醜地把出糗
的往事說了又說。

你們在那個還不太認識自己的年紀裡就認識彼此，一起長大也一起變老。再說，比起花時間認識新朋友，妳更想多花時間認識自己。

花時間認識自己，是這幾年的妳體悟出來的人生重點。

認識自己跟認識別人一樣都要花時間相處，相處過後才會真正知道自己的優缺點、明白喜惡的界線在哪裡。
還搞不懂自己真心想要什麼之前，至少會明白不要的是什麼。

以前輕而易舉的事很多現在都做不到了，像是三天三夜混夜店、一個人在KTV唱到天亮，或是拼命地吃到飽。
妳不想再狠狠燃燒青春，不只是因為青春已經所剩不多，而是時間必須要浪費在最對的人、事、物上。

找到談得來的、看得順眼的人，對妳來說，就跟假日要睡到中午過後一樣難。
妳的生理時鐘總是在早上七點半叫醒妳，不能勉強自己睡晚就像無法勉強自己跟不喜歡的人在一起，只因為他是最有可能結婚的對象。

妳把日子過成了理直氣壯般坦然，沒有太多的孤單要消磨、也不太需要過多的陪伴，就算身處在擁擠的人潮中，還是明白自己有要去的方向。
妳從逞強開始學會了一個人過日子，因為不想讓別人擔心，只好

努力把每一天過得如同一幅美不可及的風景。

苦也沒得訴、累到沒有淚的那些年，什麼冷嘲熱諷妳都經得起，就是經不起被關心。

就算是被暗算了、背了黑鍋或是當面被難堪的時候，妳都還挺能自嘲帶過。

但在那樣的時候，千萬不能被在乎的人問上一句，「還好嗎」、「沒事吧」。

這些溫柔的話帶著最椎心的穿透力，看似輕輕柔柔地卻分外揪心，不到一秒就會逼出妳最不想讓人看見的淚。

以前的妳認為不能輸，至少輸了不能被人看出來。

但現在，終於可以接受失敗了，敢輸、敢面對自己的軟弱。

人生就像一場馬拉松，失敗了、跌倒了、落後了，都只是前面幾公里的停滯期，必須堅持到終點，就算跑不動也要走到最後，再來評斷一切。

如果真的可以遇見過去的自己，妳最想對她說：

我很努力，沒有變成妳厭惡的大人。沒有把尖酸刻薄當坦率，沒有把嘲笑別人當幽默，沒有把別人的好視為理所當然。

在單親家庭長大不是妳的錯，更不是什麼丟臉的事，那些因為這樣排擠妳的人並不是真正的朋友。但沒關係，再過幾年，妳會遇見一些看起來瘋瘋癲癲的人，那些人會是妳一輩子的朋友，妳會因為認識他們而變成一個更好的人。

不要一直拿「可能會失敗」來恐嚇自己，就算沒有歷經千辛萬苦，幸福也會來到的。相信所有的選擇都不會有錯，因為每個決定都是當時妳最勇敢的決定。

不必理會那些因為妳不擅長心機，而嘲笑妳愚笨的人。再擅長算計一切，也不見得能看得懂所有的人情世故，一個人的善良是在看穿一切狡詐後，依然心甘情願吃虧。

最後，在妳第一次失戀時，我答應了妳會讓自己幸福起來。現在的我做到了，不管身邊有沒有人陪。

溫柔的話帶著最椎心的穿透力，看似輕輕柔柔地卻分外揪心，
不到一秒就會逼出妳最不想讓人看見的淚。

努力多久才可以喊累

你覺得每個人這輩子當中說過次數最多、最不負責的話，是哪一句呢？

是「我愛你」嗎？

不是。

我們最常說出的那句不負責任的話是———「加油」。

別人遇到困難時，我們會習慣說聲加油，不管對方想不想聽到。誠懇熱情的加油，往往也帶著滿滿的壓力，只是說出口的人並不覺得。

語言的力量可以撫慰人心，可以傷透人心，但也可以變成壓力重擊人心。

看見別人在困境中，好像就該有點什麼表示，即使不是真心的，但好歹對自己的良心有點交代。那些隨口說出的、不帶真心誠意的加油，往往只是為了讓自己的良心過得去。

一聲「加油」，多麼空洞的詞句，比「我愛你」更沒有擔當。

虛無飄渺的「加油」不但無法讓對方感受正面能量，只會讓人更加絕望。就好像是因為你不夠努力，才需要旁人不停地打氣。

看起來最正面的話，卻帶來最負面的情緒，為什麼會這樣？

因為，我們總是努力了又努力，卻不允許自己喊累。

因為，我們總是不停地加油，卻不知道該再為什麼而加油，或是怎樣才叫「夠加油」。

從踏入社會的那一刻，你總是在衝刺，而且是用盡全身力氣的那種。你總在擔心，如果不夠努力的話，就會被自己的懶散拖累。因此，小心翼翼的不去犯錯，並且時時刻刻警惕著自己。

在還沒搞懂要成為一個什麼樣的大人之前，就逼著要裝得像個大人──大人就該喜怒不形於色，大人面對難題必須淡定自若，大人吃了再多的虧都還是挺起腰桿笑著，不輕易讓敵人收割自己的眼淚。

在極短的時間內可以獲得一些小小的成就，心裡卻累積了好多的不快樂。
難道，大人的成就必須拿快樂去交換嗎？

你很想知道在大人的世界裡，有沒有這樣一條規則，明明白白地寫著：
努力多久才可以喊累呢？

你永遠處在以為自己不夠努力的焦慮中，好像別人都一帆風順，但你卻總往錯的方向橫衝直撞。你心裡很著急，看著別人功成名就，卻不知道自己何時能揚名立萬。
但，他跌跌撞撞的那些時候，你可沒看見。
但，他窮途潦倒的那些日子，你也沒遇見。

像你這樣的年紀本來就應該要犯錯，不然經驗要從何累積？
不要輕易去定義別人的成功或失敗，正如你不希望處在人生暫停

鍵階段時，就此被定調，列印出人生的成績單。

「努力」這樣的事情不是為了對誰交代或討好誰，這都是為了要對得起自己。繼續努力下去的勇氣不是來自於斷開一切，辭掉工作去壯遊。那樣做並不會讓你長出勇氣或者更加強大，真正的勇者是會正視、面對生活的人。
生活才是你最大的難關，不是壯遊時的難題。
人生才是你最重要的志業，大事業不是唯一。

勇於面對現況的人，最清楚明白下一步該往哪走，即使現在的你身在自己並不滿意的處境。**想要真正喜歡上自己的人生，就要從先喜歡上自己做起。**

「喜歡自己」不應是空泛的口號，喜歡來自於瞭解，要瞭解自己就要多花些時間跟自己相處。我們一生之中不斷遇見一些人，有些人的出現合乎預期，大部分的人總在預期之外。這其中，最該遇見的人始終是自己。

當你終於遇見了自己，瞭解自身的好好壞壞、天真與難搞，就會是你人生最好的時候。
因為，這時你的內心力量最強大，不管發生什麼事總能以平常心看待。只要能笑著面對，沒有什麼事是不能挺過去的。

你已經明白在一場大雨過後，沒有人承諾一定可以見到彩虹。
現在的你在雨滴落下的時候，已經不會再急著奔跑了。

你選擇等雨停，然後坐下來看看風景，
看看接下來會有什麼發生。
你再也不會把自己的開心交給別人評斷、
不安地等待著誰的肯定。
你學會了多給自己掌聲，
還學會不害羞地讚美自己，讓心情放晴。
你決定留住自己的天真，成就自己的難搞。

你的人生就該有自己的模樣，就該在不想再加油的時候，勇敢地
按下暫停鍵。暫停下來，耐心地等，等著看看接下來會怎樣，再
好好思考接下來該怎麼辦。

難道，大人的成就必須拿快樂去交換嗎？

誰該為你的人生負責？

因為有過太多次，以為無計可施的局面卻又一次一次化解，養成了你不斷鞭策自己的習慣。

那些咬牙切齒好不容易忍過的疼痛、驚慌失措過後，還是大步前進的茫然，最後都還是挺過來，便就以為沒什麼難得了自己，什麼事都能辦得到。於是，不斷給自己越來越難以克服的關卡，享受著被逼到臨界點後，終究突破難關的成就感。

你的力量不斷被過度的自我要求淘空，你的勇敢聳立在強逼自己的壓力之上。
但在克服過那麼多不可能之後，你更害怕一旦失敗就會被別人認定，自以為是 Somebody 了就不再繼續努力。更怕被認定是──── 不夠害怕失敗，才會如此安逸度日。

在朝向不可知的未來努力時，我們一直尋找著那個誰。
那個要對我們人生負責的人，
那個要得到他認同、要讓他滿意的人。

當挫折打擊又來、低潮空虛撲來，心中難免浮現這樣一個念頭：
Who did this to me?
到底是誰，為什麼要這樣對我？我做錯了什麼？

我們難免會在某一段時間對白己特別沒把握，總覺得自己什麼事都做不好。時時羨慕著別人的一帆風順，卻不明白使勁掌的舵是否搞錯了方向。

永遠不滿意你的表現、總是以不認同的眼神看著你的，不是別人，而是不停跟人比較的自己。

只做自己喜歡的樣子，就可以常保開心，這是簡單到不行的道理，卻很難實際辦到。只朝著對得起自己的方向前進，就可以變成想要的大人模樣，但，這是多困難的堅持。

當成就成了談判的籌碼，一路堅持的理念被貼上價碼，是不是也曾經讓你感到迷惘，認為費盡心血的打拼不該變成對價交易。

但人生本來就是一場談判，壓上你所有的努力換來一個合理、滿意的未來。只是，直到自己滿意之前，免不了會更用力地要求自己。

雖然，這一路上的狼狽與顛簸，都是為了在面對二十年後的自己時，輕輕說出一句：

「我沒有辜負你。」

沒有辜負了自己這些年來的期待。
沒有辜負了自己一直以來的堅持。
沒有辜負了自己始終相信著自己。
只是，太用力表現開心的人，也最可能在下一秒就崩潰大哭。
壓力總有承受的極限，人總要適時放自己一馬。

更具體地來說，做到以下幾點，才是真正學會放過自己。

幫自己的善良訂出一個額度，不再無限度地說好。

你那些要不要幫忙的掙扎，不想答應又不得不做的煎熬，對提出要求的人來說根本微不足道。

他只在意你是否分擔他原本應該負起的責任。當你勇敢拒絕，卻被說成自私不體貼，那只不過是惱羞成怒的反擊，是他一直以來被你廉價的好意、他自己的自私給寵壞了。

你說的「不」，並沒有對不起他。

接受自己突然爆表的負能量，幽默面對。
這世上所有的事，本來就不一定會在一秒內變得如你所願。
降低對自己的苛求，拒絕承受過量的壓力才能有更好的表現。

樂於當個被討厭的對象，因為你太耀眼，所以他看不順眼。
對自以為是宇宙中心的人來說，只要你不容易被他左右，沒有隨著他運作、情緒沒有被他翻轉。不論你再對都是錯的。
被這樣扭曲的人討厭，看起來也不是太糟糕。

他不喜歡你又如何，你也不見得喜歡他。
既然彼此都不喜歡，他的情緒又怎麼能掌控得了你今天的心情。

給自己一個空白時間，好好享受當下，不再趕進度、求進度。
找到一個可以安心的角落、一段可以喘息的時間，是對自己最大的體貼。
一直以同理心待人也是會累的，不要忙著照顧別人卻疏忽了自己。再忙碌也要學會切換模式，讓自己有時也可以慢慢地活在時間裡。不只是逼迫自己，犒賞、放鬆，專心讓自己全然享樂也很

重要。讓自己偶爾當個時間的富人，不必總是急急忙忙去完成別人的要求。

以前總認為越來越強大才叫長大，卻不明白，有時候放過自己，才能繼續再往前衝鋒陷陣。要懂得接受失敗、接受自己是有極限的，給自己還有繼續努力的動力、還有繼續成長的空間。
明天的擔心就留給明天，今天自然有今天的煩惱。

放心自在地去享受一段空白、無所事事的悠哉，在這難得喘息的時間裡優雅從容地放空吧～

幫自己的善良訂出一個額度，不再無限度地說好。

藏了太久的淚

你很久沒哭了，因為不被自己允許。也是不喜歡被人記住，只是個愛哭的模樣。

你活得很用力，做什麼總是很盡力，加上不懂何謂適可而止，尤其是在要求自己上，那樣的嚴厲總讓人不忍心多看一眼。
不懂得自己的底線在哪裡，使盡力氣生活著，讓旁邊的人看了都替你覺得累。

這樣苛求自己的你，在上週的一個夜裡哭了。

在她離開以後，你把跟她相關的東西都放進了一個小小的箱子裡妥當地收好。
她帶走了那個許你的天長，你再也等不到什麼地久，她好或不好成了別人偶爾提起的八卦，遙遠到模糊不清。
你踏實地一個人活著，在一個大到沒有伴就容易被遺忘的城市裡。

你刪除她所有的聯絡方式，遠離她的朋友們不再輕易打擾，然後意外地發現自己也沒剩下什麼朋友。
這對習慣獨來獨往的你來說，倒也不是什麼困擾的事情。

你回到一個人的節奏裡生活著，過著晴朗舒爽的日子，對於拿回自己人生的主控權還算滿意。
但這樣的灑脫，卻在一個來不及防備的夜裡全粉碎了。

那天下班比較晚，你草草打發了晚餐才拖著疲憊的自己回到家。

你向來討厭黑漆漆的空間，沒有一盞為自己亮著的燈，沒有那個等著自己回來的人，那樣的荒蕪讓所有曾經的愛情都不算數。

換掉了身上的衣服，把自己丟進舒服的沙發裡，卻被身後一陣摩擦聲干擾，那是剛剛隨手亂丟的信件。

你拿了起來，好整以暇地一封封看過去，毫無預警地，她的名字閃進了你的眼中。

愣了好一陣子，才有辦法大口呼吸。

看見她的名字時，你不自覺地摒住了氣。

那是一張明信片，是一年前你們一起從日本寄出的。就如同約定好的一樣，在聖誕節前幾天寄到了，而且還是你自己的筆跡。

在那趟旅行結束之後沒多久，你們的愛情也跟著劃上句點。她趁你出差的那幾天搬空了自己的行李，離開了這個家。

這個房子失去了該有的重心，整個空間突如其來地多出了一半。

她搬走了所有屬於她的東西，卻獨獨把你留下了。

她搬走了所有她想要繼續被陪伴的東西，除了你。

拿著那張明信片，你的手不由自主地微微顫抖。

你用力吸了幾口氣，企圖讓自己鎮定下來，但好大的一顆眼淚卻在呼氣的同時掉了下來。

你哭到全身劇烈發抖，沒辦法停止，你無能為力只能袖手旁觀自己的傷心。你一直不知道，原來她的離開讓自己這麼悲傷。你一直不知道，她的離開在你心上挖了一個這麼大的傷，就算用忙碌、不在乎來掩飾都於事無補。

你沒有跟任何人提起過，自然也不曾正視自己的疼痛。你自以為沒事，畢竟在她離開以後，你連一滴淚都沒掉過。

以為自己夠成熟，才能平靜地面對失去她的現實。卻不明白你只是用麻木逼迫自己去接受、用忙碌粉飾自己的哀痛。

你告訴自己沒什麼大不了，人生在世誰沒被拋棄過幾次，總不會因為這樣連心都碎了、總不會因為這樣連日子都要過不下去了。

因為過日子已經夠難了，
就別再拿這傷去放任自己非要銘心刻骨。
因為過日子實在不容易，
脆弱的模樣不能夠拿來成為自己的包袱。

這些難過傷痛就這樣，日日夜夜被一層又一層的逞強與倔強交疊壓抑，一看見她的名字就輕易潰了堤，你的男子氣概奄奄一息。你覺得這樣的自己很荒謬，卻忘了那是因為你不肯善待自己，不肯給自己好好大哭一場的機會。

落淚不是脆弱的表現，那只是因為你逼著自己堅強了太久。
藏了太久的淚，只要一滴就太鹹。
大哭過後，你把關於她的一切繼續安放在最角落的角落，好讓突然猖狂的想念有個地方可以去。

不願面對傷痛只會把情緒過度壓抑，成為一頭失控的猛獸，不僅容易傷害別人更會傷害自己。

人最怕的不是受傷，

人生在世誰不是帶著幾個傷疤，安安靜靜地過著日子。

人最怕的是受了傷，

卻不承認、不把傷痛說出口、不讓旁人好好關心自己。

想哭的時候，就好好哭一場，別再為難自己。

想哭的時候，就讓淚流出來。

只要哭得出來，就能過得去。

只要願意說，就會變成過去。

哭泣，是因為不再逃避，願意面對人生的難題，只要面對了總是能克服得了。

把淚都流出來，把悲傷都倒光，明天的我們才有能夠繼續生活的力氣。

真正的堅強不是從來不會被傷害，真正的堅強是就算被傷了又傷，還是能找到了繼續生活下去的勇氣。

落淚不是脆弱的表現，那只是因為你逼著自己堅強了太久。

眼淚的數量

妳感冒了，分明不是什麼大事，到最後卻被搞成很大的一件事。
妳好幾年沒感冒了，真的，好幾年。
妳特地加重語氣在「好幾年」。

總是在意一些別人不在意的地方，妳對這樣的自己有點擔心。
妳擔心找不到懂自己有哪些偏執的人，或是懂妳在意的點卻不懂
原因的人，更糟的是會不會遇見那種，正因為知道妳在意才特意
挑釁妳的人。
人心多複雜，相處真累。
聽完坐在診療椅上的妳這一大段獨白，面前的耳鼻喉科醫生手上
的壓舌板，尷尬地晾在半空中，不上不下。

他輕手輕腳地朝妳的鼻喉噴藥，卻還是逼出了妳的淚。
妳曾經聽過這樣一個說法：
**「世界上的眼淚有固定的數量。在這裡如果有人哭泣了，地球的
另一端一定有人剛收乾眼淚。」**

不是悲喜質量平衡，而是悲傷不能過量，有害地球健康。沒掉淚
並不代表不傷心，就算是笑著，心裡也許正下著雨。
因為我們成年了，就該是這樣，不麻煩別人、不顯露悲傷，自己
的情緒自己收拾。

二十八歲了，日子被妳過得精彩到讓人眼紅，這樣努力的妳怎麼
可能敗在這區區病毒手上？

三十八歲了，回頭看看那幾年正要三十時的意亂心慌，早被這幾年學著好好跟自己相處給撫平了。

三十八歲了，再過兩年就要四十，妳以為自己把自己照顧得很好，直到這場感冒讓妳病倒的那一刻。

人生就像難纏的感冒病毒，不管妳有多麼小心翼翼，這一輩子總有辦法讓妳發燒咳嗽個幾次。

這病毒輕易擊潰妳多年的防守，好像過往那些風呀雨呀傷呀痛呀都不算數，好像妳堅強了這麼久都只是假裝。

妳輕易的病倒了，而且是戲劇化的昏倒。

也不過就是發了點燒，喉嚨痛到像火在燒。

妳沒有讓任何人知道，打算下午請假回家休息，這場簡報妳還是有辦法上場的。偏偏就在擠進了三十人的會議室後，大燈才關暗，準備了好幾個月的簡報在牆面亮起的那一刻，妳昏倒了。

安靜的空間裡，只聽得見妳跌在地上那悶悶地「咚」一聲，接著，就是女同事的尖叫聲加上機器運轉的嗡嗡聲。

妳辛苦籌劃的提案通過了，客戶很滿意這場昏倒秀，還直言比提案內容還要精彩。

妳以為每個人都是這樣走過來的，斑駁的豈只臉上的妝，還有原本毫無防備的笑容。一路低頭彎腰，撿拾著被捏碎的自尊，跟跟蹌蹌拼湊起自己還認得的模樣。

妳靠著事事逞強撐起了自己的那片天，總擔心轉眼就可能毀在一不小心的鬆懈裡。妳賣命地撐住別人眼中的羨慕，帶著沒有人察覺的狼狽，麻痺地過著日子。

即使是這樣，即使都已經快要認不得自己、即使是這樣勉強過著日子時，我們心裡總還是會偷偷地希望著：
就算再狼狽不堪、也許還有點可憐或可笑，總會有那麼一個人覺得我們分外可愛。

而妳一直太過堅強，總像是不能輸給誰似地拼著命。到頭來卻發現，那不想輸的心結容易扭曲一個人的性格，一不注意就會變得偏激、看不順眼並討厭許多事情、甚至許多人。
唯有真正喜歡上自己，就不怕會輸給誰。
因為不用費心比較，也不用擔心輸這件事。

曾經以為勇敢是什麼都不怕，卻發現那只是暫時騙過自己的一場徒然，用力按住發疼的傷口，還說服自己一切都是錯覺。
傷口從來不會因為忍耐而突然痊癒，人生的困難也不會因為堅持立刻解決，明白了這些的妳，這才願意不逼著自己太過勇敢，才願意表現軟弱。

這些年，妳聽過了男人們一千個想離開的原因：太獨立、太依賴，種種單薄可笑的推託。
妳還在等那個離不開的理由，簡單到只有幾行字：
「因為妳是妳，我是我。而我的人生不能沒有妳。」

妳在等著那一天、那一個人。

等著那一個剛剛好放晴的天,等著那一場剛剛好落下的雨。

等著可能是相識多年的他,望著妳突然換了一種眼神。

等著也許是朋友的朋友,初相識卻有著最懂妳的靈魂。

妳還在等,始終沒有放棄過相信。

相信世上的悲歡總有個平衡,相信世上總有個等著妳的人。

因為妳是妳，我是我。而我的人生不能沒有妳。

錯在太懂事

眼前鮮豔可口的草莓塔正在對妳招手，已經排了三個小時的隊，妳的腳麻到不屬於自己。再等一個人結帳，就終於輪到妳，妳開始幻想起入口那一刻的感動，肯定會難以忘記。

店員原本流暢的取貨結帳動作有點停頓了下來，原來排在妳前面的婆婆一口氣買了五個。

這正是店家規定的每人最大購買數量，妳緊張地踮起腳張望，冷藏櫃裡不多不少，只剩下一顆可愛的草莓塔正在對妳眨眼甜笑。

店員把婆婆的草莓塔一個個仔細安放，眼看就要輪到妳開口了。

就在這個時候，安靜窄小的店鋪裡傳出了刺耳的尖叫哭泣聲。

「我要吃草莓塔！」

在隊伍最後方，一位穿著一身粉紅色洋裝的小女孩發表了她堅定的宣言，小小的馬尾隨著她的哭鬧左擺右晃著。

為了宣示決心，她不停放大尖叫的分貝，更加碼落下了幾滴晶瑩剔透的淚水。

那是最後一顆草莓塔了，排了三個小時的隊後，下一秒終於就要輪到妳。

問題是，妳敢買嗎？

妳敢在眾目睽睽之下，買走最後一顆草莓塔，在哭鬧的女孩面前大口吃掉嗎？

這世界上很多事都是這樣子的，分明是妳應得的，妳拿得理所應當卻總覺得哪裡失了禮，好像對不起誰般的心虛。

妳不是不懂那些拉攏同情的伎倆，妳也當過孩子，自然知道孩子都靠些什麼心機達到目的。但，在那個當下閃過妳腦中的第一個念頭依舊是：

不要爭了吧～懂事一點，就讓給她吧。

因為懂事，妳的人生一直以來錯過了太多事。
因為懂事，好友喜歡上他，妳毫不猶豫決定把他放開。
因為懂事，同事推卸的責任，妳總是二話不說接下來。
因為懂事，父母的抱怨跟需要，沒人搭理只對妳依賴。
因為懂事，別人的情緒，總不由分說一股腦衝著妳來。
因為懂事，
妳把別人的情緒看得比自己的重要，卻越來越不快樂。
後來才發現，妳的人生就錯在太懂事。

以前急著長大，是以為長大之後，人生就可以有很多選擇。
直到年紀稍長，才知道雖然在大人世界裡有很多選擇，卻不代表在這麼多選項中，都是可以選擇的。
想選的很多根本得不到，那些不想選的，往往不經過同意就任性地來到自己身邊。
不但無法什麼都想要，讓人更沮喪的是，最想要的往往得不到。

人生本來就不會事事如願，所以妳被迫學會了要有第二個選擇當備胎，並且告訴自己要心甘情願地接受。
不吵不鬧，總要顧及別人的感受與處境，凡事擔心他人的想法，習慣把別人的喜怒哀樂放在自己前頭。

妳聽說，這樣叫做懂事。

從小到大不盡如意的事太多，只能學會失望，不抱著任何希望。

還常常告誡自己，壞事喜歡交朋友，而好事總不會是自己的朋友。於是，妳選擇了最能保護自己的待人處事準則：懂事。

太過懂事的人最不會受到傷害，因為不敢說出自己真正想望。
沒有慾望就沒有弱點，別人看不清楚真正的妳，卻也不會真正喜歡上妳。

為了顧全大局的懂事，只能掩埋自己的委屈。

以為顧及了所有人的情緒，總是壓抑自己的。

在最終受不了的那一天，毀滅式的宣洩。

在看人臉色看到累了、在等著別人喜歡等到倦了，才終於搞懂，如果要一直那麼懂事，就注定妳一輩子都吃不到一口草莓塔。

妳決定要讓自己開始學著任性，讓自己相信好事可以接二連三、真的可以幸福。

這一切的學會，就從優雅從容買下那一顆草莓塔，並且大口嗑了它開始。

為了自己而勇敢

在別人前表現堅強，往往不是為了博取幫助，這樣的人特別厭惡接受到任何因為同情而伸出的援手。

這樣的人聽到笑話時總是搶在第一個笑出來，並且笑得特別大聲，為的就是要讓所有人知道他過得很好。要強調自己沒事，要讓別人明白自己什麼都傷不了。

一個人看起來堅強，不見得就經得起被一傷再傷，

一個經常大笑的人，也並不代表在人後不會落淚。

一個人總是在笑，也不代表他真的快樂。

每個人能夠承受的壓力強度各自不同，我們最能感受自己的為難，卻常輕忽了別人難題的重量。

太懂事的人，最怕麻煩別人。

更怕麻煩了別人，還是不被當一回事。

但，軟弱真的不是什麼可恥的事情，感覺吃力也沒關係，就停下腳步；實在累了，就讓自己休息。

你沒有一定要贏過誰，也沒有什麼成就非得達到不可。

不要把自己想得太堅強，更不必逼著自己要堅強。

我們都只是個凡人，可以喊累，心會感到疼痛、流下的淚是燙的，更重要的是，還可以喊停，可以拒絕，可以選擇。對太沈重的壓力喊停，拒絕任何的感情勒索，選擇自己最想要的生活。

不要以為自己不可能快樂，總要先給自己一個快樂起來的可能。

在你願意相信自己可以光明正大的快樂後，你會意外發現自己的改變。

你之所以看起來像是刀槍不入，是因為曾經傷到體無完膚，而那個曾經壯大了現在的你。

你之所以笑口常開，是因為要提醒自己早已走出過去，而那個過去是你如今美好的基底。

那些傷口在時間的撫慰下，已經慢慢癒合，結成的痂早就脫落，疤痕已經淺到看不出來。那些疼痛都是已死去的昨日，那些失敗也早被你學成了經驗。

你一開始受到傷害的時候，疑惑的情緒大過不知道疼痛何時會停止的害怕。原來這個世界上並非都是好人，原來不是每個人都會好好待你，原來有些人看見別人落淚時，反而會笑。

你被世界的殘酷搖醒、被醜惡的人性嚇壞，你不知道自己還能不能再傷得起、還能再被傷幾回。

你以前也認為過不去了，只能呆看著自己被絕望淹沒、日子只是一天天沒完沒了的失望。

夢想高掛在失物招領處你卻無力攀附，只能隨波逐流根本無法救起自己。後來，你開始慢慢好了起來，是因為想起必須要回頭看看自己，正視曾經造成的傷口。

你記起來了，心中的那個孩子傷得很重，一直還沒有痊癒而且很害怕。也終於了解自以為強悍到無堅不摧，或是假裝那些傷害一點也不會疼，都不是解決之道。

唯有讓真正去面對、去擁抱受了傷的自己才能夠走過低潮。

原來，被傷到最體無完膚之後，才能成為最堅強的人。

原來，脆弱到無法保護自己的人，終究也會為了自己而勇敢。

那段時間的你不願意承認自己的難過，也不想面對心中那個總是在哭泣的孩子。你拒絕自己的脆弱，不願意發洩內心的怒氣。

當情緒越埋越多、越埋越深，別人隨便一句話都能讓你暴怒或陷入低潮，彷彿全世界都在跟你作對。

於是把所有時間填滿，希望自己忙到沒有空去感受情緒。

於是推開所有關心你的人，抗拒說出自己心裡負面想法。

你後來的安好，是因為終於允許了自己的軟弱、不再強迫自己在人前扮演堅強。

你願意讓淚水盡情的流下，一併把壞情緒都帶走。

你釋放自己，可以不要總為了讓別人放心而大笑。

把情緒還給自己，不再是為了顧及別人偽裝自己。

你終於學會了先照顧自己，在急著照顧別人之前。

你終於在跟自己相處了這麼多年之後，第一次好好端詳了心中的那個孩子。

你終於明白了，安頓好自己的心，就能夠有足夠的強大力量，從容地面對整個世界的為難。

選擇善良不是為了討好誰

被說善良的人大多底線很低，習慣把自己放在很後面的位置。因為不忍心讓別人失望、不忍心傷害彼此的感情和諧，所以事事都說好，不擅長拒絕別人。

更要命的是，你習以為常，以為這樣子才是對的。

直到那一天，聽到另一個人這樣子被稱讚，才隱隱覺得不對勁。

那天在餐廳門口等待約好的朋友時，你無意間全程參與了一對母女的爭吵。

那是一個親家見面的場合，原本的氣氛禮貌而客套。

就在男方母親稱讚起未來的媳婦，乖巧聽話又溫馴，跟現在一般的年輕人差很多之後，女孩媽媽的回話讓女兒不能理解。

「媽！妳剛剛幹嘛那麼大聲說話，而且很不客氣。」

女兒在餐廳門口抱怨著母親。

「妳就只會兇我，我有說錯嗎？」

媽媽臭著一張臉，而且出口的話越說越大聲。

「養了妳這麼多年，我會不知道嗎？妳本來就沒有特別聽話也不是特別乖巧，就只是跟現在一般年輕人一樣，有時就是自私地只會想到自己，有時就是只想要為所欲為。」

媽媽停頓了一下又接著說：

「更重要的是妳脾氣一點都不好，不然，會這樣子跟自己的媽媽講話嗎？」

「媽！」

女兒怒氣沖沖的大喊了一聲。

你看著眼前的母女，突然看懂了一切，更聽懂了媽媽這樣回話的用意。

她是擔心，擔心自己的女兒一旦被認定成乖巧溫馴聽話，將來的日子肯定會不好過。「人善被人欺」「柿子挑軟的吃」，這些話都是有道理的，更別說將來是要入門當媳婦的人。

媽媽的回話，是一種宣示更是一種提醒，這個女孩只是個平常的年輕人請不要太為難她，這個女孩也是別人的女兒請務必要善待她。

當今社會大家都越來越害怕被定義成一個善良的人。

善良變成大家避之唯恐不及的個性，即使原本良善也要刻意隱瞞，不能夠光明正大的善良。

因為我們太明白善良的人會遇上哪些事，因為我們太了解對很多不懷好意的人來說，善良等同於被壓榨、被無止盡的利用、被理所當然的使喚。

這讓大多數原本善良的人，更加害怕自己的善良被人發現，躲都來不及。更不想浪費時間去證明，因為要求證明只是對方想利用你的手段。

「善良」成了一種沒得選擇的讚美，就好像你沒有才能、不具備美好的外貌，所以只好稱讚你善良。

但我們之所以選擇當個善良的人，原本就不是為了要證明些什麼，更不是為了要去討好誰。

善良之所以會被污名化，

就是因為那些利用別人善良的人不知分寸。

這讓你疑惑，當個善良的人卻並不快樂，難道善良錯了嗎？

唯一的錯，是錯在善良卻不懂得保護自己，你的善良反而成了弱點輕易被人利用。

善良不是軟弱，

在別人一再踐踏你的底線時，就應該要強悍地回應。

你擔心拒絕傷害了他，

他怎麼不擔心不合理的要求浪費了你的時間？

你一再勉強自己答應他的要求，

卻一次次累積了自己內心的不快樂。

當好人是為了自己、因為你本來就是這樣的人，

而不是為了去討好誰。

當好人卻讓自己一點也不快樂，時間又都花在去迎合別人的需求，這樣的人生真的是你想要的嗎？

在意別人那麼多，你有沒有同樣地在意過自己？

你可以善良卻很有立場，你可以善良卻很有力量。

你可以理直氣壯的善良，在乎真正在乎你的人，選擇自己想要成為的樣子，不害怕別人的批評，不被別人的眼光左右。

這樣的善良才是你最該有的樣子。

輯二。
成為朋友 ————————

要有原則的任性、堅信的道理，
不必一直懂事卻滿腹委屈。

努力多久———— 才可以喊累

我不是教你壞

沒有人想當壞人，我們都希望在別人心中是個好人模樣。只是，這世上的事很多是相對的。

要對別人夠好，妳必須先對自己夠壞。

不管是舉手之勞或刻意幫忙，每個人的時間能力都有限，一旦要幫別人的忙，勢必得放下自己手邊的當務之急。等到回過頭來處理自己的當務之急時，往往舉目無親、找不到援手。

這樣的狀況一而再再而三的發生，自然讓妳懷疑「為別人好」的選擇是對的嗎？

妳在對自己夠壞太久以後，才懂得學會在某些人面前當個「壞人」是必要的武裝。

在真正學會當個「壞人」之前，妳還傻傻地認為只要時間夠久、替別人做得夠多，別人自然會明白妳也有自己的為難，還能獲得別人的體諒。

妳就是那種只顧著為別人著想，卻累死自己、到頭來吃力不討好的人。自認為體貼可以換來同等的對待，卻沒想到根本不是這麼一回事。

一向太在意別人，又擔心拒絕會惹對方生氣，除此之外，妳最害怕的，還是拒絕對方後那尷尬的場面與氣氛。為了避開這些，妳從不拒絕別人的任何要求，就算心中再不甘願也會勉為其難地答應。

當妳太急著討好別人，一不小心就會討厭起這樣的自己。

分明是同事該做的工作卻老是找妳幫忙，久而久之，居然成了妳理所應當的責任。

朋友之間的忙妳沒少幫過，但往往需要幫手時，卻不好意思跟任何人開口。

妳真的開始討厭這樣的自己，偏偏又無力改變，**每次好心的順便幫忙，都被當成理所當然的隨便對待。**

更遇過幾次事情完成後，沒有達到對方預期的效果，他居然還怪妳不夠努力，早知道就請別人幫忙。

妳問我：「自己到底哪裡做錯了？」

我不想說好聽的話安慰妳，只能殘忍地說：「妳錯在太想要別人的肯定，再加上心太軟，見不得別人被拒絕後垮下來的那一臉失望。」

而且就算幫不上忙，妳總會特地花時間想別的辦法解決。因為幫不上忙的感覺，讓妳心生虧欠。

「他開了口，就是因為信任我，覺得我可以解決問題。」

接著，妳滿臉的自信、握著拳地說：

「對人開口需要很大的勇氣吧？」

看著妳一臉等待被肯定的表情，我終究還是狠下心對妳說：

「很多人對妳開口求助不見得是出自信任，大多數的時候是因為妳比較好說話。」

因為妳就是一個比較容易被使喚、被說動的對象，他們才會接近妳。他們從不向那些勇於Say No的人開口，因為他們很清楚一定會被拒絕。

但，不代表勇於拒絕的人就是冷漠、自私，他們只不過是懂得保護自己、明白何時該亮出原則。而且，他們太清楚自己的能力有限。

因為明白自己的能力有限、加上責任感強，答應了就得幫忙到底，否則只是多一個人搞砸，才會在一開始就斷然拒絕。這是有原則、有底線的善良。

善良不該是任人予取予求的軟弱。
善良不該是一種羞於承認的性格。
每個人本來就應該有自己的態度與原則，而不是為了成全選擇退讓、為了顧全和氣委屈了善良。

表現善良是因為妳願意，獨善其身也絕非自私，反而是有原則的明智決定。有很多選擇可以展現妳的善良，但這些選擇都該擺在自己的原則之後。

不停的退讓與討好並非真正的善良，那是沒原則的偽善，只會讓貪心的人得寸進尺。

過度的包容不會換來同等的對待，只會失去原本應得的尊重。

原則是拿來保護自己的，是在該挺身而出的時候，說出該說的話、拒絕不應該的事。

對於容易心軟的妳來說，練習說「不」、學會拒絕是件困難的事。

但，在練習說「不」的過程中，要先明白一些事：

那些需要幫忙的人，並不是妳該負的責任。

沒有人會因為妳的幫助，一夕之間扭轉人生。也沒有人會因為被拒絕，從此失敗並一蹶不振。

成功或失敗只是結果，你無法接手他的人生替代演出。每個人都要為自己的人生負責，而不是一味地推卸責任。

在學會拒絕的過程中，最難區分的是求助者的心態。

對方需要的幫忙，是真的無法獨自完成？還是他只是懶得花時間處理而已？太快決定幫忙，或一時的心軟只會變成明日的心寒。不如先用拖延戰術，堅定且明白地告訴對方，現在沒辦法，必須等到忙完自己的事，再看看是否有時間幫上忙。

在拒絕的過程中，要清楚地表達：

這個忙是對方的責任，而妳要等到有時間才會「考慮」是否要幫忙。

有些人會繼續死纏爛打，妳可以試著建議他去找別的解決辦法，但婉拒的態度必須堅定。要是他還不肯放過妳，就只能搬出「苦肉計」，先搶著示弱，告訴對方妳都自身難保了，還是他要來接手妳的工作，好讓妳去幫他的忙？讓他知難而退。

拒絕別人，從不是一件容易的事，但真正的朋友，並不會因為妳的拒絕感到不悅。真正的朋友會懂得體諒對方，並且主動提供幫助，反而在自己需要幫忙時，不好意思對妳開口。

如果有人因為妳的拒絕而生氣翻臉，並且開始疏遠，那就順勢列為拒絕往來戶吧。畢竟在他的心中，妳不過是順手就可以取代的工具人罷了。

什麼樣的朋友值得交出自己

在人際的往來裡，有種很難拿捏的距離，稱為「交情」。

你無法正確拿捏可以為對方肝腦塗地到什麼程度，除非真正有事發生在你們之間。

交情的衡量除了兩人之間的情感深淺，還得把個性的變數算計進去，最後得出來的結果，可能會讓雙方當事人都大吃一驚。

有一種人仗著所謂的「交情」，會毫無節制地對自己人分外任性，以一種「你也知道我」的霸道在朋友之間橫行。

他出口傷人卻說自己只是心直口快，沒那個意思。

他暗地出賣朋友，卻說只是一時失手，沒那個意思。

「不是故意的」，「我是不小心的」，「我不知道這樣做會傷害了你」。

好像這樣解釋就可以合理他的行為，好像他真的不清楚這些話這些事不可以做、不被允許。

所謂的心直口快，其實最欺負人。

這樣的人總說，自己其實人不壞，只是口快。但你的那些口快，對別人分明已經造成傷害。因為你的口快，要人把自尊出賣，還得被無禮對待。

更傷人的是，如果不能接受你的心直口快，就顯得我們度量狹小。

為什麼明明傷了別人，卻還能夠如此理直氣壯？

一句心直口快、一聲無心之過的解釋，就可以輕易抒解自己傷害了別人的負面情緒，被傷害的人卻只能啞口無言地全盤接受。

說自己心直口快根本算不上是認錯，那只是推托、企圖用無心之過包裝自己的出口傷人。造成傷害已是事實，別人固然無法逼你認錯，但如果不能面對自己這樣魯莽的個性就無法成長、會再一次傷人。

仗著有交情、用朋友之名來包裝自己的人，更是最難預防的對象了。

他不擺明衝著你來，卻又擺明了不全然地對你友善。

你以為可以在他面前最自在，其實他最厭惡你的天真而你卻渾然不覺。

你以為他會為你的成功喝采，殊不知上次扯你後腿的人就是他。

讓你搞不清楚他是敵人還是朋友，又或者他既是敵人也是朋友。

他不是不明白自己的言行舉止傷了你，老實說，每個人的所作所為背後隱藏的惡意與善意，自己是最清楚明白不過的了。

浮出來的冰山那一角、表現在眾人面前的那一面，也許是用善意包裝著，但海平面下剩餘的那百分之九十，摻雜了多少複雜的情緒，日日夜夜在那飄呀盪的。嫉妒、憤恨、蔑視、不公、仇恨、詛咒，許多許多連自己都無法說得清楚的五味雜陳。這些潛藏的情緒，即使成分不多但仍是有意識的，只是不願意去正視罷了。

你之所以還能夠繼續當他是朋友，就是因為太懂事。

懂事的人不是沒有受傷，而是沒有把痛說出口。

一直想要坦白說出來的，但對方總是搶先了一步說不是故意的，如果不原諒他的話，好像就顯得自己太過小氣了、也顯得自己太不夠朋友。

只好接受這一切，偷偷按住發疼的傷口，不讓別人看見。

分明已經生氣了，卻還是忍住，並且告訴自己其實一點也不在意。

你總以為不應該要有情緒跟脾氣，所以只好懂事。

你總以為沒人會心疼在意，只好讓自己快點成熟。

於是，你習慣有了心事反而更加沈默，不然就會麻煩到別人。

看起來像是善解人意，但，更大的原因在於自卑情結，害怕看人臉色，總是謹言慎行小心再小心，不敢隨意提出要求，更別說真正發一頓脾氣。

凡事包容、大小事都配合，擔心多說一句，只會引來更多白眼。曾幾何時，這些自以為寬宏大度的包容，是來自於希望被人稱讚的虛榮。需要那些讚美填滿內心的自卑，需要被他們需要來證明自己重要。

所幸，這些年吃虧了太久之後，讓總是太懂事的你慢慢學會說「可是」。

在別人提出不合理的要求時、在他們又想要不公平對待你時，終於鼓起勇氣說了「可是，我有自己該忙的事要忙」，「可是，我有比你的要求更重要的事」。

當對方再次用他的心直口快來傷害你時，你也能夠笑笑不當一回事了。
當你發現又被暗箭中傷，但依舊挺起胸膛問心無愧地，繼續過日子。
早就懂了，除了讓自己更有本事學會保護自己之外，也沒別的更好方式。

在漸漸變成熟這麼多年後，終於明白人要有原則的任性、必須堅持的道理，不必一直當個懂事卻滿腹委屈的人。
懂事了這麼多年之後，終於放下了事事為別人著想的毛病，放下了多餘的自卑，學會了面對什麼樣的朋友，才值得交出自己。

懂事的人不是沒有受傷，而是沒有把痛說出口。

有時堅持不見得會有結果

不得不說有些人就是天生以打擊別人為樂的,不巧的是,即使身邊的朋友也可能會有這樣的人。

朋友不見得都希望你很好,他有時候會希望你過得再好也不可以比他好。甚至,他對你有較勁的心態,在你得意時,心裡總被烏雲蓋住了一大半。

人是要經得起相處的,不只是愛情,友情也是一樣。

你終於發現,三番兩次把你的機會拉掉的人就是他。

你終於知道,一直在散播對你不利流言的人也是他。

你氣到來找我時,根本不知所云。

韓劇《浪漫醫生金師傅》裡,有句話是這樣說的——

當敵人越要打擊你就要更開心給他看,報仇靠的不是憤怒而是你的能力。

在我看來,**當敵人等著驗收你的眼淚,越要展現最燦爛的笑容。**

我們不能要求生命只給我們什麼或不給我們什麼。面對它的無情與殘忍,除了接受,還可以做到轉念、化悲憤為力量。

也許你身邊總是圍繞著小人,為了不讓小人得逞,我們更不該輕易認輸。要努力把小人變成貴人。

小人帶來的傷害,哭過以後要牢牢學會。

小人等著看你的難堪,就不能讓他得逞。

小人要的賞給他,靠自己再拼回更好的。

在成功做到以後,再衷心地感謝他給予的挫折與傷害。

為了將來那一天,可以看見他臉上錯愕的表情,請務必告訴自己一定要堅持下去。

堅持的這些年當然很苦也很累人，
而且有時候堅持也不見得會有結果。
難免會想要逃避，難免會哀求自己：
能不能不要一直這麼勉強？

事實上，很多時候我們都逃不過勉強自己這件事。
仔細回想從小到現在，**如果不是曾經狠心地勉強過自己，如果總是對自己心軟、好聲好氣地放過自己，你就不會是現在這個讓自己驕傲的你了。**
曾經這樣一無是處的自己，幸好有了願意堅持下去的勇敢，很多事才能做得到。
再說，就是要經歷過這些無能為力、無可奈何、不能避免的挫敗，才是真實人生。

不必管別人懂或不懂你的堅持，只要自己懂要走的路始終在前方就好。
更多時候，你不是不知道自己要往哪裡走，只是想要有人告訴你、想要有個保證，保證自己朝著這個方向走去，會是正確的、不會白白走上一遭。
但，人生是無法預知的，老天爺總是嚴厲的、小氣的，祂不會提前洩題好讓你安心大步前進。
除非你願意踏上路途，才會得到屬於自己的、獨一無二的答案。
但，老天爺也是慈善的、心軟的，祂會在你以為無法堅持下去的時候，送上一片綠洲讓你停下腳步休息、解解身心的渴。

走過了這一段後，再回過頭看，就會發現答案往往不是結果而是在過程。

就像是，當你經歷了朋友的背叛之後，才能看清了誰才是真正關心你的人。

人常常在跌到谷底之後，才會明白自己曾經擁有過的是多麼幸運，才會真正知道自己想要的是什麼。

可身在谷底的時候，情緒只有怨恨而已，哪有辦法再多想到以後？

人生免不了要經歷幾次低潮，就算現在輸了，也要把當初會輸的原因學起來。

輸的原因不見得是你比較差，有時候只是運氣比較差。

輸的原因不見得改變得了，但失敗中總有些課題可學。

更何況，很多時候看起來是輸了，也許過了幾年以後卻意外發現，自己其實贏到了別的什麼。

而那些課題在一開始的時候，被眼淚蒙蔽住了，於是視而不見。

要等到又多走了一段路，也許是又來了一場教訓，又被信任的朋友背叛了，或是在某一個你沒去過的咖啡廳跟陌生人的某一次聊天。

非得要等到那樣的時候，才會恍然大悟，想個一清二楚。

才會明白了這些經過都是人生給的禮物，你非得走上這一遭不可。

尊重別人的原則，踩穩自己的底線

地雷多的人常被界定為不好相處，旁人跟他在一起總得小心翼翼，深怕一不小心就炸得粉身碎骨。但，如果是有原則的人反而容易理解，只要明白說出在乎的標準與底線，大多都能被接受。
仔細想想，所謂的「地雷」跟「原則」或「底線」，只不過是說法上的不同罷了。只是「原則」跟「底線」聽起來理性、條理分明，而「地雷」卻有種要一起毀滅的決心，有種悲壯成仁之感。

長到一定的年紀，每個人的地雷大大小小佈滿全身，如果不事先標示清楚、不明白告知，旁人很難不誤觸。誤觸彼此的地雷也許在所難免，只要相互諒解，說說笑笑就過去了，不會放在心上，可最難以避開的，是刻意來挑戰你底線的人。
他明白你的地雷、掌握你的底線，更清楚你的原則，但他偏偏不信邪。不相信自己無法改變你，或者，他覺得這個禁忌很蠢、很不可思議，這樣帶點玩笑程度的試探，通常來自身旁的朋友或伴侶。
你不吃香菜或餓了會翻臉，個人生活習慣上微小卻重要的堅持，非得要親眼見證地雷炸翻天，他才會相信、才牢記在心。
這些相處上的碰撞，頂多氣個兩三天就會沒事。

在職場或人際往來，我們更常遇見的是帶著惡意來挑釁你的人。
他們刻意大手大腳的動作，擺明就是要你難受。之所以能夠得逞，正是因為對你有足夠的瞭解，才能精準地對你的痛處用力踩下去。
知道你的底線才能踩得夠狠，清楚你的原則才要故意一把抹去。

因為，他覺得你這樣的想法是不對的。

因為，他覺得是為你好。

這樣的人可能曾經是你最相信的人，往往也能傷你最深。

一個人不得不長大的時候，是因為要挺身保護自己。

你曾經因為沒有劃出的底線傷害了別人或受了傷，這些過往他都不知道、也不在乎。

他沒有設想到的可能，是你想方設法要避開的危險，他也毫不在意。

他刻意踩踏你的底線，只是想看看你會有什麼反應，好佈局下一步如何算計你。越是如此，你就越該表現淡定，不讓對方輕易掌握自己的情緒。

你的淡定，就是讓他最難堪的反應。

他以為可以激怒你，趁機將你一軍。

你讓淡定救自己不踏進他所佈的局，不讓他稱心如意，不理會他蓄意的挑撥。甚至，盡量遠離那些是是非非，專心扮演自己該出場的那幾個橋段，其他的紛紛擾擾就留給愛挑起事端的人去猜忌。

我們無法控制別人如何評論我們，但可以控制自己不要變成鬥爭的工具，不要讓自己變成那樣醜惡的嘴臉。

勇於秀出自己底線與原則的人，看似難搞反而是職場上最不需要防備的對象。

難搞也是昭告大家他的有所為與有所不為。

不見得每件事都必須迎合，若為了迎合他人而拿掉自己的原則，到最後也會把自己的尊嚴一併拿掉，再也贏不得任何人的尊重。

一個成熟像樣的大人，是明白將要說出口的話會引爆別人的地雷，即使話已經來到喉頭，還是有辦法忍住不說。

成為大人後，很少會有人願意費心告訴你，真正該注意的是些什麼。

在真正變得成熟之前，我們都害怕衝突，會擔心自己不被別人接受，因此，下意識藏起地雷、抹掉原則、弄糊了底線，只希望自己會是他人心中的好人。

所謂的好人，往往就是一個團體裡最好欺負的人。
不必硬要把好人的角色往身上套，每個人本來就有各自的原則與底線，逼著違背自己來事事配合，久了就會被不當一回事。

安放好自己的地雷，尊重他人的原則，踩穩自己的底線，昂首闊步迎向那些人際往來中想像的害怕，才會把勇敢留在自己身上。

拒絕是為了保護自己

你一直很害怕面對「拒絕」這件事，因為自己總是學不會如何好好的拒絕，又可以不傷感情。自己是很怕麻煩別人的，所以開口請人幫忙是很不容易的事，一想到這一點，你就更難對他說不。對方都開這個口了，你怎麼還能拒絕他？

你體諒了別人的為難，只好為難了自己。

朋友、同事之間偶爾免不了互相幫忙、伸出援手，但幫忙是有一條界線在的。
這一條最基本的界線就是：不影響別人，不勉強自己。

在幫這個忙之前，最該要衡量的是，會影響到自己的工作進度嗎？或是早就超出自己能力所負荷，但基於人情壓力而不得不勉強接受呢？

我曾經看過一個故事說得很好，要經過一道門的時候，我們都會先打量門框的高低，如果門框夠高，當然就抬頭挺胸自然的走過；當門框過低，便要低頭彎腰，避免自己受傷。
那為什麼面對他人的要求時，不事先打量、評估，這個忙自己是不是幫得起呢？幫了這個忙，會不會反過來影響了自己？
如果幫不起這個忙，那為什麼不能拒絕呢？
為什麼寧可傷害自己，也要硬著頭皮去做呢？

你說你不是沒有試過拒絕，卻在拒絕後被對方冷言冷語。
他會說，分明只是舉手之勞，也要這麼愛計較。
他還說，就只花一點時間，不願意幫忙的你真糟糕。

總覺得別人幫自己只是順手、一點也不麻煩，那些人根本不會想到我們是特地抽出了時間去幫了他這個忙。

他只在乎省下了自己的時間與心力，還為此沾沾自喜，對於你的付出與犧牲根本不痛不癢。

如果這麼順手、這麼不麻煩，他為什麼不能夠忙完後再自己去處理？說穿了，就是心存僥倖、存心差遣你。

巴菲特說：「除非你真的說『不』，否則你的時間，永遠是別人的。」

總是不好意思說不的你，一天到晚忙著完成別人的進度、做著別人口中的舉手之勞，最後卻讓自己的產值是零。

因為你的時間與精力都花在鋪陳另一人的成就。

更難堪的是，到後來他們原本的責任都成了你的應當，不擔下來都成了你的錯。凡事都該量力而為，勉強迎合只會招來痛苦與壓力。

為了讓朋友開心，寧可自己疲於奔命，大小聚會都到場。凡事都答應幫忙，往往到頭來卻什麼忙都幫不完整。原本想要面面俱到，最後連小忙都做不到，忙著討好所有人，卻忙到只剩消耗。

太多事扛在肩上，讓心裡的不開心持續累積。

你總是擔心拒絕會傷害到他的感情，但對你提出不合理要求的人，並沒有考慮到會傷害你們之間的感情。

別不好意思拒絕別人，那些厚著臉皮來為難你的人本來就不是好人、不是值得花心思與時間往來的對象。

人與人之間的幫助與體諒應該是相互的、有來有往的。學會拒絕是為了保護自己，也是為了保護你們之間的交情。

拿回自己的主控權，要從學會說不開始。
當你懂得拒絕，會發現被拒絕卻還是留下的人才是真正的朋友。
這才知道，真正的朋友不會因為你的拒絕而翻臉，甚至斷絕往來。
那些人惱羞成怒不再跟你往來，是因為一開始接近你的動機就僅只想要使喚你，既然無法得逞，你對他來說也就沒有利用價值，當然不必白費力氣與時間繼續往來。更是因為他發現你無法輕易被左右，只好敬你三分也跟著退避三舍。

學不會拒絕別人，肯定就會先累死自己。
拒絕是一種尊重自己也尊重彼此的態度，適時的拒絕會得到該有的尊重。
學會把拒絕當成一種態度，可以讓生活回歸到簡單、屬於自己的節奏，也讓你贏回更多原本就屬於自己的時間。

被討厭了反而活得像自己

我們害怕被討厭，那是不想在他人眼中，自己是個壞人。然而，不管怎麼改變，對方還是討厭你，而且是打從生理上的厭惡，沒有一絲的轉圜餘地。

一開始肯定會很難受，但隨著日子一天天的過去，你意外地感覺輕鬆，慢慢看開。那是一種預期之外的海闊天空、分外晴朗的舒暢。

畢竟，不管原本的你是個好人或是壞蛋，他都不在乎。**因為他就是討厭你，既然如此，何不開開心心過好自己的日子，活出自己的樣子，管他討厭喜歡誰呢？**

看開是因為明白，他的討厭跟你有沒有做錯什麼，或是不是無意之間得罪過他都沒有關係，單純因為你這個人的存在，讓他不爽罷了。

這是你無法改變的原罪，弄明白了這一點，反而讓人輕鬆。

做起事來不必顧慮他開心不開心，不再綁手綁腳可以跨更大步往前邁進。

我們也有自己討厭的人，很多時候也根本說不上討厭的原因，所以怎麼可能會沒有人討厭我們呢？討厭一個人不必有理由，就跟喜歡一個人一樣，不管他做了什麼或沒做什麼，都會被討厭或喜歡。

最重要的是我們不能討厭自己，不能為了討好所有人，反而變成自己也會唾棄的樣子。

不管在職場、家庭、甚至朋友伴侶之間都是一樣的。

擔心被討厭，總是小心翼翼對待每個人，甚至犧牲自己到肝腦塗地；自己感動到一塌糊塗，卻只換來別人覺得那是你責無旁貸的應當如此。

後來實在太委屈，竟淪落成在所有互動關係中最不開心的一個人。當全世界的人都在笑，你的淚沒有人會在乎，他們不懂你的苦痛，你的犧牲奉獻早被認為理所當然。

但，分明一開始你想討好每一個人、希望每個人都開心，萬萬想不透自己是哪裡搞錯了。

你搞錯了應該討好的對象，你最該討好的人是自己。

你的情緒會感染周遭在乎你、關心你的人，只要讓自己先開心起來，大家自然也會開心。

坦然面對自己，知道自己哪些個性討人喜歡、哪些個性討人厭。在談笑中，坦承那些不完美與缺點，再慢慢學著從不同角度看事情，試著讓自己放鬆過日子。慢慢地接受有些人就是會討厭自己，讓日子不再處在被討厭的恐懼當中。

不再害怕被討厭並不是完全不在乎別人的觀感，更不是自私地短視只求一己的快樂。

不再害怕被討厭，是要你放下逼著自己完美的個性，是要你承認也曾看不慣自己的德行。

因此，有人討厭你也就不是那麼意外的新發現，有人喜歡你就能更開心地接受。

我們一直以來都被要求符合別人的期待，成績要名列前茅、要考

上第一志願、要找到最棒的工作、要結婚生子。

每一階段的人生目標都伴隨著別人的眼光，沉重地壓在身上，伴著我們一路前進。

一直以來，誤以為自己想要的不是最重要，最重要的是別人想要你做到的目標。於是常被挫折感盤據，好像再怎麼努力，也做不出讓人滿意的結果。總是讓別人失望，更害怕別人因為失望而討厭自己。

但說穿了，那些期待本來就不是你的人生目標與真正的夢想，就算你做不到，而有人因此失望了，怎麼化解失望也是他們的課題，不是你的。

別人放在你身上的期待落空了，眼光不再集中在你身上，拿掉了那一些本來就不該承受的壓力，更可以隨心所欲去做真正想做的事，很多時候反而能闖出自己的一片天。

許多後來被傳頌的成功者，都曾經是讓人失望的孩子，沒有朝別人期待的方向前進，沒有關心也沒有了壓力，聽從自己內心的聲音，反而走出了自己的康莊大道。

不要擔心被別人討厭，討厭你是他的人生課題，他必須自己去解決，跟你無關。
該擔心的是，總是小心翼翼討好著別人，一不小心就會討厭自己。

輯三。
成為情人 ————

只是想找一塊地方，
安放自己的心。

一個人的練習

飯店電梯從30樓緩緩下降，在即將抵達一樓之前先在五樓停了下來。

電梯門打開，走進來一位穿著白色洋裝、長髮披肩的女人。她一踏入電梯，整個空間立刻充斥她身上飄散出的香味，那是剛剛沐浴過的一股清香。
把自己整個人埋進電梯左後方角落的妳，暗暗吸了一口氣，閉目恣意享受這叢林城市裡短暫的芬芳。

帶著滿意的微笑妳緩緩張開眼睛，只看見女人還濕漉漉的黑髮中獨獨一根閃亮亮的白髮，任性地張揚著。
「為什麼不把頭髮吹乾呢？」
妳壓抑著心中想要幫她吹乾頭髮的衝動。
「是馬來西亞人的習慣嗎？」妳想。
妳常在意一些他人眼中不重要的細節，而這些細節如果不照妳希望的樣子去進行，妳就會坐立難安，渾身不對勁。
妳無法否認自己似乎有輕微控制狂的傾向。

出了電梯，只是從飯店旋轉門下階梯，躲進計程車這短短的時間，妳已經領教到太陽的熱情。
妳戴上墨鏡，甩了甩頭上剛剛被墨鏡壓扁的髮流，也想一併甩掉去提醒女人頭髮沒吹乾的衝動。
在車子後座閉目養神，妳提醒自己把注意力集中在稍後的會議上。開完這個會，妳就可以開始享受接下來兩天忙裡偷閒難得的假期了。

這趟來到馬來西亞開會，原本客戶只要求妳停留三天兩夜的時間，但查看行事曆後，發現自己可以多待上個兩天在吉隆坡走走逛逛，就毫不遲疑地延後了回程的機票。

以前的妳可沒辦法做到這樣，以前的妳是無法獨自一個人做任何事情的。

妳本來是不會一個人生活的，不能一個人待在家，因為不知道在家裡一個人可以做些什麼。

不管房子布置得多麼溫馨舒適，沒人陪伴的空間對妳來說，就是沒有溫度的建築，而且一個人在家時，強大孤寂感會毫不遲疑地吞噬妳。

妳只要出門一定要有伴，或者應該說妳會想盡辦法約到至少一個伴。妳就這樣一路被寵著被慣著，從家人、友人到男人一直捧在手心。

但，人生就是喜歡用不同的難題來試探妳的底線。

人生從不給予直接的答案，它讓好事發生、讓壞事也避不開，讓妳明白自己就是個有無限可能的人。

本來以為可以走上一輩子的男人有天突然離開了，只留下了張紙條說：

我累了，也別找我，等我想明白就會回來。

妳慌了，不知道這是個什麼過分的玩笑，一個這麼大的人怎麼可以說不見就不見呢？妳根本沒有多餘的心力去思考，男人這突如其來的異常舉動，是不是因為他遭逢什麼變故。

他去哪裡了？為什麼要離開？發生了什麼妳不知道的事？需不需要人幫忙？妳只知道自己被留下來，被迫面對一個人的日子，而且還失去了另一個人。

妳不知道把自己關在家裡多久，只知道妳見不了人、至少不能在這樣狼狽的時候見人。
又過了幾天，在妳打算振作起來的那一天，妳明白要讓生活繼續，自己必須努力裝作平常，平常地上班、平常地過日子。
只是妳還是會忘了鎖門，還是習慣等著那個高高大大的身影過來幫忙。只是妳還是習慣趕回家晚餐，想對他說這一天的好事壞事，等著他好聲好氣地對妳說一切都會沒事的。

幾年過去了，現在的妳養成出門跟臨睡前，都要再三確認大門鎖了沒的習慣。
是一種從絕境裡掙扎著活過來的求生意志，是沒有得依靠不得已養成的習慣。
妳就是從那個時候開始，被迫獨立、被迫學會一個人。

但，也正因為在那樣心不甘情不願的過程裡，妳慢慢搞懂了一件事，也搞懂男人離開時的心情。
在這個世界上，沒有誰是應該為妳做什麼的，也沒有誰是會一直留在妳身邊的。人生發生所有大大小小的遭遇，不管是心理上或生理上的病痛，我們都只能獨自承受。就算有人願意伸出援手幫忙，那也只會是一時的依靠。
依靠只會是一時的逃避，緩解不了任何問題。

問題要能夠真正的被解決，還是得靠自己。

如果妳無法學會一個人如何過日子，就只能一輩子處在會失去誰的恐懼當中。

一個人過日子的練習是緩慢、孤單的過程。

學著跟自己對話、相處，學著從相處中認識自己、懂得自己，然後越來越瞭解自己、喜歡自己，也就會更加懂得如何一個人過日子。

習慣可以養成，個性可能改變，妳就這樣從當初那個天真無害的女孩，在一夜之間學會撥開眼前七彩浪漫的濾鏡，直視真實人生最是殘忍傷人，卻也最絢爛奪目的色彩。

經歷這些年後，那天跟朋友聚會時，沒想到有人翻出了一張妳的舊照片。

大家指著照片裡那個笑得溫柔靦靦的妳，開玩笑的說，妳的眼神變了，從慈眉善目變成精明犀利。

這個世界對妳做了什麼？讓妳變成這個樣子？

妳笑著看著那個恍如隔世的自己，完全認不得那個羞澀的女孩。

這個世界對妳做了什麼？讓妳變成這個樣子？

這個世界用最痛的方式要妳長大，讓妳在苦痛中學會一個人，就再也不會忘記。

雖然是被迫必須要學會一個人，但現在的妳簡直成了單身專家。

越來越享受一個人在家的時光，不管是下班後的夜晚或週末難得的放空，往往成為妳最期待的時間。

當妳一個人出門看電影逛街時，更讓妳深深感覺自由自在、不需要遷就任何人。一個人對自己的人生夠滿意，也會影響到外顯的情緒跟行為舉止。

對於不想要的東西逐漸清晰、還能勇敢地說出自己心中的想法，而不是以莽撞、傷害人的方式，是婉轉得體的表達。

這麼滿意一個人過日子的妳，有時候難免會擔心太喜歡獨處的自己，未來的生活裡是否會容不下另一個人？

每當浮現這樣的念頭，妳總是樂觀的告訴自己：

「愛情的樣貌有千百種，有天，還是會有符合自己期待的那一種出現的。

不太黏、不太膩，一種剛剛好的距離與空間、剛剛好的需要與依靠。瞭解對方想被愛的方式、也學會給對方需要的愛情。」

這是人生派送給妳的下一個課題，妳想。

曾經妳是個連一個人在家都辦不到的女人，想想也真是不可思議，當初的自己根本想不到會有這麼一天能如此享受一個人過日子的快活。

這是人生給妳的答案，原來妳可以做到任何自己想要的樣子。

妳想起憑著《藩籬（Fences）》這部電影拿下奧斯卡最佳女配角的薇奧拉戴維斯（Viola Davis），曾經說過的一段話：

當我試圖成為別人，就是在否定自己。
後來
我才知道
你唯一需要做的，就是做自己。

在成長的過程中，我們都會經歷模仿的階段，也會羨慕著誰希望自己能像他一樣。後來才會明白，現在這個樣子的妳，也許並不是最可愛、最多人喜歡，卻是最像自己的。
而當妳真切自然做自己時，來到身邊且願意留下的人，才是最可能陪妳到最後的人。

如果妳無法學會一個人如何過日子，
就只能一輩子處在會失去誰的恐懼當中。

一起找找幸福的模樣

你來找我，帶著深深的黑眼圈。

參差不齊的鬍渣，稀稀落落沿著用力抿成一直線的雙唇生長，今天的你很不尋常，沒有往日那樣的燦爛笑容。

你坐在我面前已經快半個小時，卻只是嘆氣跟苦笑，什麼話也不肯多說。

「失戀啦？」我歪著頭看進你的雙眼，想看透你的心事。

你終於看著我用力點了點頭，接著又是長聲一嘆，有氣無力地低下了頭。

你沒有想到以為最有把握的等待，卻讓自己成為最搶戲的男二，深受所有觀眾喜歡，除了女主角。

你是個直來直往的人，對朋友是這樣、當然對愛情也是。

喜歡這個女孩一陣子了，兩個人很聊得來，在你終於鼓起勇氣提出邀約時，她一口就答應了，但同時她也跟你坦白現況：

你不是唯一一個想跟她交往的對象。

年輕漂亮的女孩當然很多人追，關於這一點你也不是沒有心理準備。

「我不想太快做決定，想先觀察看看你們兩個誰比較適合。」女孩一臉天真的陳述著，你努力裝作大方擠出了笑容回應，心卻像被數不清的細針扎得發疼。

「當然，如果你會介意的話，我也可以理解。」她用一種受了傷的語氣說著這句話，原本迎風飛揚的馬尾也變得垂頭喪氣，沙沙啞啞的聲音讓你有點心疼。

好男人怎麼會捨得讓她為難，雖然她自私地不顧及你的為難。

自私這樣的事情，只要雙方都不覺得困擾，那麼，自私這件事所造成的傷害，就會被假裝並不存在。

她的自私是深不見底的黑洞，你日以繼夜企圖用愛填滿，卻成了一場徒勞無功。

為了讓女孩放心，你展現君子大度主動認識了另一個男孩，你們三人以一種詭異的平衡交往著，維持著一種曖昧不清的關係。

曖昧讓你受盡委屈、曖昧讓他奮力拼搏、曖昧讓她倍受寵愛。

度日如年地過了一、兩個月，你勉強自己把在乎用大方包裝起來通通吞下了肚。你一再讓步壓抑想獨佔女孩的心情，不疾不除、不催促她做下任何決定。

女孩任性地周旋在你和他之間，你們的寬容讓她不需承擔任何一方的心碎與妒忌。她貪婪地接受兩個人的好，刻意無視你和他的苦痛，只負責成為這不平等愛情裡的勝利者。

因為太害怕失去守在她身邊的資格，你逼著自己得接受這樣的難堪。

維持現狀至少表示自己還有機會，維持現狀至少表示自己沒有被判出局。

你以為自己最擅長等待，卻沒想到她更善於裝傻。

你以為體貼與寬容才是愛一個人，就算她的自私讓你痛苦不堪。

你告訴自己總有一天可以上場打擊，但這場比賽你分明一點把握也沒有。

你還是每天樂觀的相信，自己總會在最關鍵的時刻擊出致勝的全壘打，不必多、就算是陽春全壘打，就算只有一分打點也無妨。

前兩天，傳來女孩感冒的消息，你趕去探望卻在女孩家巷口遇見另一個男孩。
「她已經退燒了，我去買些清粥小菜。就算再沒胃口也得吃點東西呀～」
他的話中盡是心疼。
你瞇著眼睛看著背光的他，很是刺眼。
你心想，自己晚了一步。
捏著手上的花，不知道自己應該要放棄還是繼續。
「改天一起騎車吧，聽說你很常爬山路。」
他停下了腳步，沒頭沒腦地說。
你有種被摸得太透徹的不自在。
「我知道關於你的很多事，我們無所不聊。她什麼事都會告訴我。」
而自己對他卻一無所知。
他高舉勝利的旗幟揚長而去，迎風飛揚的旗面劃過你的臉頰，好痛。

所以呢？聽你說了半天，我聽不到讓你如此沮喪的理由。
「她什麼事都告訴他耶～就是很相信他的意思呀！」
看著你沒根據的沮喪，我忍不住笑了。
你用受傷的眼神看著我，不明白為何我要如此殘忍。

我好羨慕現在的你，我早遺忘了愛得如此盲目與天真的感覺。

很多時候，最在乎的人會被我們最不在乎地對待，我們拼命掩飾自己的在乎，只為了不那麼在乎。
很多時候，我們就算愛上了一個人還是會拼命否認，拼命對旁人否認，也不忘對自己撒謊─── 我沒有喜歡上他，她根本不是我的菜。
或者，你會故意疏遠她。也會，刻意給他一些考驗。
你只是想確定對方是喜歡自己的，不是那種三分鐘熱度就離開，而自己的心卻傻楞楞地放了出去，怎麼樣也收不回來。
說穿了，就是害怕自己又受傷。
說穿了，就是不想期待再落空。

女孩，
妳以為自己沒有喜歡上他，妳以為自己克制得很好。
妳的心比妳早知道，誰讓妳提著心在意他每個去向。
妳的嘴比妳早知道，誰是妳那說不完說不膩的話題。

「她以為自己可以從你們兩人之間比較出誰是更好的人，卻沒發現自己早就偏心喜歡上你。你擊出全壘打的機會來了，暫時不要出現在她面前，也不要跟她聯絡。相信我，她會自己來找你。」
你聽著我講，一臉的不敢相信。

愛情被發現的瞬間是他傻傻對著妳笑，是妳眼底心裡口中都是他。

愛情是急著在對方面前表現出自己有多好，卻常常加倍笨拙到無所遁形。

愛情不是愛上了就有圓滿結局，兩人從此幸福快樂這樣簡單的事情。

愛情是我的好只想讓你懂，妳的壞我也一併收下。
我們從此就多多指教，一起找找幸福會是什麼模樣。
我想牽著妳一直往前，也許走著走著就看見了永遠。

三十歲過後的愛情

看著螢光幕上偶像劇裡的女配角斬釘截鐵的說：

「女人呀！三十歲之前都處在『學會』的過程，『學會』過三十歲之後可以憑著本能過日子。」

妳的反應跟劇中的女主角一樣，目瞪口呆半天搭不上一句話。

豪邁地喝了一口生啤酒之後，女配角又接著說：

「現在的我呢～就是憑著女人的本能在過日子～」

邊說還邊俏皮地把雙臂朝中央夾緊，用力擠出胸前那一道迷人的馬里亞納深溝。妳瞇著雙眼，惡狠狠瞪著螢幕裡那道深溝，下意識用雙手護住自己貧瘠的前胸，也不知道在對誰生氣。

那情緒好像也不是生氣，是悶。

心中有一股悶痛感，重重地壓得妳喘不過氣來，妳很悶，都已經三十好幾，怎麼還參不透那句「憑女人的本能過日子」該是什麼樣子？

但，妳確定女人可靠的本能絕對不僅僅像是擠出乳溝、露出大腿這種。

三十歲，還沒準備好被當成女人，但自稱女孩卻已經說不出口。

三十歲，正要享受長大的自由，卻先被催促著擔起大人的責任。

三十歲，以為自己已經太老，還不明白人生的美好才正要開始。

從小到大聽過太多關於「到了三十歲，若還是孤獨一個人……」種種軟硬兼施的恐嚇之詞，於是在二十八歲過後，就不由自主慌張了起來。

只是，如何應對「長大的慌張」這種事根本沒人教，也只好漫無章法地朝自以為對的方向去做。

起初是先加入了號稱可以越來越美麗的SPA會員，在那裡有琳瑯滿目、買也買不完的課程，只為了讓自己看起來不像實際年齡。都說要活就要動，所以妳也加入了健身房讓自己持續地運動著，並且瘋狂報名參加大大小小的路跑賽事。舞台劇、形形色色的展覽也排進妳的假日規劃裡，當然更少不了原本就喜歡的逛書店買書、看電影還有朋友的聚會。

所有閒暇時間都專注在讓自己幸福而努力著，連朋友介紹的類相親，妳都讓自己漂漂亮亮出席了。

分明行程排得很滿很充實，但妳卻覺得越來越空虛。

把時間排到這樣滿、滿到沒有一點點空間的妳，其實被自己逼得很累。

妳努力想把日子過得讓人羨慕、忌妒、恨，證明自己將來一定會幸福。還想消除別人眼中的問號，為的是逼走藏於內心的害怕，卻換來日漸疲憊的自己。

越想逞強表現不在乎，就會越勉強自己過於用力去做一些事情。那太過咬牙切齒用力的模樣，卻正好顯示有多在乎。那太過用力掩飾的失落，只會顯得更加狼狽。

就像是大笑之後的空虛、狂歡之後的孤單，都襯得曾經太努力要快樂的自己有多不堪。

到了二十九歲這一年，莫名的心慌加倍沸騰。

只要一有閒下來的空檔，就會冒出一堆莫須有的念頭嚇唬著自己。最常的驚嚇時間點常發生在夜晚，當妳獨自一人躺著空蕩蕩

的雙人床上，習慣睡在右邊的妳，常常望著雙人床的左半邊就發起呆來。

妳想不通到底該多做些什麼才能讓幸福靠近，也想不通自己到底是做錯或少做了些什麼，才會一直單身。

妳更常在輾轉難眠的夜裡，好不容易要睡著的瞬間閃過「三十歲快到了」的念頭，於是睡意全消又睜大雙眼望著天花板到天亮。

單身對妳來說不是懲罰，其實，更像一種與生俱來的體質。
就好像有些人對花生過敏，只要一吃就會氣管腫脹導致呼吸困難、有些人不能碰帶殼的海鮮，會過敏到全身紅腫發癢。
妳認定了自己，就帶著這樣的單身體質。
妳的單身體質讓自己對戀愛過敏，只要一談戀愛就渾身不對勁。
不是生理上的呼吸困難或搔癢難受，而是一旦戀愛了，心理上的巨變會讓自己完全不像自己，都不認得那個談了戀愛的人是誰。

原本獨立自主的妳，因為幾次的已讀不回，瘋狂腦補各種意外發生在男人身上的可能。原本懂事體貼的妳，卻無法忍受他多提了哪個女孩幾次，或是順路送她回家。
對妳來說，談戀愛衍生的麻煩太多、一個人生活相對簡單太多。
對妳來說，單身才是最舒服、最能夠掌控、最適合過生活的輪廓。

雖然滿意這樣的日子，卻還是免不了擔心太過習慣單身狀態，難道就這樣單身一輩子？而且隨著年紀越來越來大，會不會就這樣孤老一生？

努力多久才可以喊累 —— 輯三・成為情人

人生是個完整的包裹，包裹裡所有的東西都是妳要承受的。無法挑選、不能丟棄，妳得照單全收。
二十歲的膠原蛋白跟迷惘。
三十歲的成熟美麗跟心慌。
四十歲的白髮、皺紋與從容。
五十歲的老花、更年期與淡泊。
妳不見得會因為年歲增長而增加智慧，更不見得會懂得如何靠女人的本能過活。但妳會慢慢明白自己可以依靠的本能是什麼；還會弄懂自己是一個人過日子就能很開心，還是其實需要有人陪。

人生這個完整的包裹裡，妳選擇了方案A：「單身」之後，單身的愜意自在，還有不便的失落，以及偶爾的孤寂也要照單全收。
至於另一個方案B：「有伴」，那些兩個人的甜蜜相依，失去自由，以及爭吵磨合也通通都是妳的。

想要有伴的女人在三十歲過後，得先搞懂自己適合談什麼樣的戀愛。
那些在戀愛後，顯露出來連自己都不認得的模樣，也是妳、某一部分的妳。
獨立自主就是會跟不安全感並存在同一個人心裡。
懂事體貼也並不代表一定要落落大方永遠不吃醋。
戀愛時失控的那個樣貌也是一部分的妳，妳不是變得不像自己，是因為遇見了他，給了妳一個理由放心，放心讓那個自己顯露了出來。

妳本來以為那樣的自己不會被愛，才會小心翼翼把她藏好。
直到這個人出現了，就算全部的自己都讓他見識到了，他居然沒
有嚇跑，妳這才開始放心讓他進入自己的生命裡。

你有你人生經歷過的風風雨雨，我帶著我的坑坑疤疤。
明明都害怕著，但，我們還是要相愛。
不是那種只有甜言蜜語、風花雪月的愛著。
是你在看過我千百樣的醜態後，還是牽住我的雙手哪也不去。
是我在看不慣你的一萬種德行後，人生依然最想要有你參與。

這是三十歲過後的女人應該要談的愛情。

今日堅強的模樣

他們是一對習性迥異的戀人，剛剛在一起的時候沒有人認為他們
走得下去。

尤其是隔壁老王。

你知道的，對於別人的戀情，意見最多的永遠是隔壁老王。

事情的一開始，隔壁老王對這段感情下了段很文青的評論：

「一定會有人受傷，而受傷的人絕對不會是他。」

但兩人牽手一走，一晃眼也過十年。

前兩天，一場朋友的聚會上有人提到了這一對。

從當初的難以置信到現在，大家紛紛覺得兩個人很適合呀～

酒過三巡，有人分享了親眼目睹過當初的往事。

有一次，一個白目女在閒聊時，突然對女人說：

「其實，我很佩服妳，明明自己外表還不錯，怎麼會不介意交往
對象的外表。」

平常就不多話的女人，先是臉一沉沒有接話。

「而且，」白目女又接著往下說：

「妳其他條件也都很好呀～」

這時，女人打斷了她的話，慢慢地說：

「難道人跟人之間交往就只是看外表嗎？妳覺得我很好，那是因
為妳看不見我的壞。而我的壞全都丟給了他，他一聲不吭通通都
收下了。」

接著，女人看著白目女又說：

「全世界只有我可以說他壞話，妳不可以。」

女人心中很清楚，兩人在一起的這些年，旁人都覺得自己的狀況越來越好。獨立又自主，輕輕鬆鬆就把日子過成了別人口中的完美，總像是一個人也可以很好的樣子。

但旁人不知道的是，那是因為自己有他可以依賴。

可以一個人去做任何的事，不需要他的陪伴。

那是因為知道了一旦有事，他總是等在那裡。

我們總以為自己強大到無堅不摧，全是因為自己一路走來的努力與堅持，是因為自己反覆練習得來的勇敢與堅強，卻忘記了**很多時候的勇敢，是因為有人可以依賴。**

有人可以依賴，讓你不怕面對這世界多無賴。

有人可以依賴，讓你痛了就喊出聲、哭出來。

有人可以依賴，你傷了又傷卻更加清楚明白。

有人可以依賴，讓你在風雨後依然等待虹彩。

年少時的堅強帶著壯士斷腕的悲淒，有著不得不然、舍我其誰、轉過身無人能訴的絕望。

我若不堅強，誰能替代我勇敢？

說起堅強總是咬著牙、紅著眼，

稍微一個觸碰就落下停不了的淚。

年少時的堅強夾雜著淒美，邊細數昨日的傷疤，邊笑著說，那是你不懂的驕傲。

大人的堅強換了一種樣貌，不刻意張揚、甚至非常不醒目。

那些收在心裡不再說的傷痛、那些像是已經遺忘的曾經，都因為

心裡有了個人可以依賴，而成了不痛不癢的過去。
大人的堅強是明白自己的軟弱、在該認錯時勇於道歉、承認自己
銅牆鐵壁的外表下，還是有著最想要為了你柔軟的一顆心。

人與人之間說穿就是「相處」這兩個字。
處得來一牽手就是一輩子，處不來只能夠走過一陣子。
我們總是把愛情想像得太過美好，以為兩個人相處的日子，都得
天天像七彩霓虹般的璀璨，不然，對不起愛情之偉大。
妳曾經因為他努力逗妳發笑而愛上他，也會因為他總是想逗妳笑
感到厭煩。
到後來的後來，就算對方有一千個讓妳想要離開的原因，但**那個
最後讓妳離不開的理由，就是妳最需要被人瞭解而他最能理解的
軟弱之處。**

不管妳裝得再堅強，在我眼裡妳都最柔弱。
妳那些張牙舞爪的狠勁，都是拿來對付外面世界的武器。
妳無堅不摧、戰無不勝、沒有弱點的大魔王形象，只是虛張聲勢
的防護罩。
在他面前妳膽小怕黑又認生，世道多險惡，他總不放心讓妳一個
人走。
不管在別人面前多獨立堅強會照顧自己，在他面前妳就喪失了基
本生存能力。
妳這才明白了，是他的包容與接納，
才成就了妳今日堅強的模樣。

可以安放一顆心的地方

致 ——

我很珍惜她，我的人生總是很八點檔，不論是工作親情愛情友情，
總是傷痕累累，總覺得老天是不是在跟我開玩笑，還是幸運之神
忘了我，亦或是命運之神打了個盹呢？
但是我真的很謝謝她，有她的出現讓我好安心。

好久不見的女孩，原本圓潤的臉蛋因為獨自一人在異鄉生活，磨練出了一些堅毅的線條；以前總是怯生生的眼神，現在投射出如陽光般耀眼的自信。

特地空出的星期日午後，我們聚在一起天南地北的亂聊。
聊她在工作上遇見的壞同事，當然也聊起在分開的這一年裡，她所談的那幾段以分手收場的戀愛——— 就算人再好還是無法愛上的、宣示要找到一百分的女孩而與她斷了往來的，以及以為雙方會步向結婚卻因為對方不合常理的要求讓她卻步的……

聽她敘述著自己的故事，令我想起《紐約愛未眠（Before we go）》裡，靈媒面對迷惘的女主角說的話：
You can't allow the people you love to determine how you love.
你不能任由你愛的人決定你如何去愛。

在愛情裡，我們總免不了會有想討好對方的念頭，以他想要的方式表現，好讓他感受到自己有多麼愛他。
只是，如果這樣做會讓你不舒服、不快樂，有可能還會傷害到自己，那就是不對的。不管有多愛對方，不管這段關係對你來說有多重要，更重要的是在這段關係裡的你開不開心？
當初願意開始一段愛情，不就是為了要讓兩個人都快樂嗎？

在人生的道路上，你做什麼樣的決定，決定你是個什麼樣的人。
在一段關係裡面，你做什麼樣的決定，決定了這段關係的好壞。

如果一個對象他不會消化自己的情緒動輒語言暴力對待，又或者是因為你的身世不夠顯赫而看低你。

在你們之間有一些相處不來、無法處理跟溝通的困難。

你會決定無視這些繼續交往，還是毅然決然劃下句點？

這是個困難的決定，如果你相信愛情可以戰勝一切阻礙，決心要留在彼此身邊。那你該要先釐清的是在這段關係中，選擇留下的你對得起自己嗎？留下來的自己，真的開心嗎？

那個很多年以後的自己，會感謝你現在所做的決定嗎？

我們都不是什麼舉足輕重的大人物，做出的決定只需要能夠對得起自己就好了。對得起自己會成就一個獨善的自己，小小的善心日積月累會成就大大的善良。

人的善良要出自不後悔的真心、不委屈的自己。

畢竟，我們總得留下一個不後悔的人生，才對得起這一路上這麼努力辛苦的自己。

她說，離開台灣前那場戀愛傷得那麼重之後，一度以為自己沒有辦法再去愛人了，於是她決定被愛。

被愛，被動接受對方的好，不那麼喜歡他，是不是也就可以不那麼容易被傷害？但是，在被愛的那幾個月裡，心中總是隱隱約約暗藏著不安。

她很清楚明白這不是自己想要的愛情，在那段時間活在害怕裡，害怕自己變成加害者、害怕自己總有一天會辜負對方。

即使被傷得最重時還愛著那個渣，被無微不至呵護疼愛時，卻完全感受不到「愛」的存在。

因為這不是她要的愛情。

幾年前的她在愛情的折磨裡粉身碎骨、完全死去，那時的她不明白愛是什麼，對方怎麼可以傷人如此卻又毫無歉意。
那段傷害改變了天真的她，卻也讓她在下一段的依賴關係裡，終於認清了自己。無論如何還是想要用力地去愛，不論他對自己有多好，還是無法勉強自己跟不愛的人在一起。
這樣的她來到另一個異鄉開始生活，談了幾場無疾而終的戀愛後，整個人豁然開朗。

「我不覺得自己虛擲光陰，正是因為經歷了這些，我才明白自己還能夠愛人。」
她用最健康的心態去面對失戀，現在的她讓自己暫時先停下來，接下來不管會發生什麼，不管是好是壞她都能欣然接受。

人生的道路上我們都是獨自一人緩緩前進，有時難免會覺得孤單，好像看不見明天。偶爾，會出現願意與我們結伴同行的人，同行的那一段路或長、或短。
有些人的出現，只是為了陪我們走過那一段路，只是為了讓我們明白什麼是錯愛。
當走到該放手的路口，難過總難免，不捨也會有。
但，這就是成長。

成長會讓我們失去一些人，也會再遇見一些人。

沒有人是一眨眼就來到了今天，一路上所落下的每一個腳印都是重要的曾經，這些曾經慢慢累積，成就了今天的我們。

今天的我們還有著昨日的樣貌，卻又有些不一樣了，所幸都還認得自己。還認得堅持善良的自己，還認得繼續努力的自己，還認得想幸福的自己。是這樣像變了又像沒變的自己，支撐著我們這樣走了過來。

因為那些昔日同行的人，我們多多少少有了些許改變，生命也因此有了不同。

後來的後來，還是各自繼續往前走，我們一度是彼此眼中最璀璨的風景，現在早已成為生命裡過去黯淡的光影了。

到了最後的最後，我們總會搞懂自己真正想要的是什麼。
你只是想要找到一個地方，是可以安放一顆心的地方。
不必一定要當個成功人士，你更想找到真正的自己。
你想遇見一個人，讓你知道懂得諒解比互相瞭解重要。
你想要每天都有個可以回去的地方，每天都有個等著你回去的人。

你想遇見一個人，讓你知道懂得諒解比互相瞭解重要。

我們沒有在一起

日子在過，人在變老，妳大概也在心裡藏著一個總是不走的人。
而且，你們沒有真正在一起過。

妳常聽別人說很多事以後就會懂，
但是到了現在很多事依舊不懂。
妳還是只會直白地談戀愛，跟十八歲那年一樣。
喜歡就大笑，討厭就臭臉，不懂得耍什麼心機或手段。
妳總學不會在大人的世界裡，討好別人比把自己搞好來得重要。
也無法接受在大人的世界裡，不必是個好人，他們要的是自己人。

但是妳學會了，不必讓主管喜歡妳，而是讓他需要妳、讓他不能沒有妳；還學會了，如果當個自私的混蛋會讓別人尊敬妳，就要想盡辦法變成最自私的混蛋。
混蛋不是人人都能當得起，想當被人尊敬的混蛋先要有高人一等的條件，否則，沒有人會甘心忍受對一個混蛋卑躬屈膝。

妳一直以為不管世界怎麼變，自己是不會變的，後來才知道每個人不可避免地都會在成長的路途中，慢慢地把自己變成了另一個人。只是要在很久以後，才會終於在某一天發現而已。

後來的我們變成另一個人的樣子，有時候連自己也不見得會喜歡，妳只是必須要學會去接受改變後的自己。

十八歲時的妳不知道那叫愛情，妳不知道為什麼看見他就笑個不停，妳不知道他為什麼總是欺負妳。

妳喜歡他，因為他穿牛仔褲特別好看。

妳喜歡他，因為他低沉的嗓音把課文念得讓人特別想讀。

妳以為沒有人知道。

妳以為沒有人知道，因為他，妳開始覺得青春不再那麼慘白。

妳以為沒有人知道，因為他，考試的壓力轉化成用功的動力。

妳到了很久以後才知道，那時候大家都在猜，後來的你們有沒有在一起。

離開學校後，妳被迫打起精神快速長大。

妳去到了一個陌生的城市打拼，老朋友們都離妳很遠，新認識的朋友就像登陸地球的外星人，總是講著一些妳插不上嘴的話題。

本來愛笑愛鬧的妳，在這個疏遠的環境下，學會了一個人安安靜靜地過日子。

一個人生活慣了，並沒有什麼太害怕的事。

人都是被寵出來的，妳說。

自己一個人這麼久了，誰不會偶爾跌個跤、時不時受點傷。

身邊沒有心疼妳的人，淚流下來沒人會捨不得，自然也就不覺得自己受委屈了。

誰的日子不是這樣咬著牙忍耐著過來的。

誰的生活裡沒有過一些旁人不懂的心事。

妳後來搞砸了很多段的戀情，每搞砸一段，妳就會想起他的笑臉。

想起他捉弄妳，被妳惡狠狠瞪著時開心傻笑的樣子。

那時候的喜歡好簡單，有他在的日子裡天天都放晴。

但，妳無法再那樣地去喜歡一個人了，什麼也不必多要，只要天天見到他就好。

那時候的喜歡很純粹，因為你們還來不及好好認識彼此。

那時候的喜歡也很脆弱，一個誤會就讓任何解釋都太遲。

那些年的日記裡寫的都是他，猜的都是他的心事。

那些年的努力都是因為他，為了要讓他也喜歡上自己，才努力讓自己變得更好。

他在不知情的狀況下，成為了自己想要變好的力量，要好到沒有遺憾可以憑弔。

妳說，幸好後來沒有在一起，至少現在回首青澀年少時，還有個人能讓自己單純地想念。幸好後來沒有在一起，讓妳始終保有對完美愛情的幻想。

讓妳一直相信，自己曾經有那樣的可能，可以談一場很純淨的愛戀，如果當時的自己夠勇敢。

妳一直對戀愛保有樂觀的想像，妳一直相信光是那時錯過他的可惜，就足以讓老天爺彌補給自己另一個好人。

現在的妳，找到了那個不論放晴或天雨都會陪在身邊的人了。

妳，遇見了這樣一個人，讓妳敢期待未來，每一個有他的明天是妳最想去的地方。

妳不再像十八歲時那樣不敢喜歡，怕真正的自己太差。

妳不再像十八歲時那樣一直逼他離開，就不會被拋下。

原來，不必總是堅強，被呵護也沒有關係。

原來，就算吵了架，還是可以一直走下去。

妳答應了十八歲的自己以後一定要幸福，而現在妳有了願意一起努力的另一雙手，要牽著妳一起做到。

身邊沒有心疼妳的人，淚流下來沒人會捨不得，
自然也就不覺得自己受委屈了。

妳一定很挑

習慣一個人比較難，還是習慣另一個人比較難？

有了伴之後，再重回一個人的狀態，妳過了很長一段不開心的日子——太習慣身旁有伴，很不習慣沒有人陪。
妳不習慣，回到了家整間屋子都是暗的。
妳不習慣，懶得出門時，沒有人張羅食物。
妳不習慣，沒人搶遙控器、及舒服的抱枕。
妳不習慣，少了可以取暖的另一個體溫。

太多太多的不習慣，充斥妳恢復單身的每天、二十四個小時。
獨處的時間太多、夜又太長，妳常常不知道怎麼消磨，那段時間的妳特別害怕一個人。
妳說，在一個人的空間裡，好像隨時會被自己的孤單吞沒、好像就這樣消失了也無人發覺。

那天，妳突然被帶去聯誼，男男女女們在長桌上一對一對坐著，本來剛好四對四的配對，卻在業務部的辣妹亮麗登場後，妳毫無意外地落單了。
隔天不經意聽見了女孩們的對話，才知道辣妹本來是去不了的，自己是被拉去湊數的。妳明顯就是多出來的那一個。

妳突然想起上個週末去買家用品，結帳時，店員跟妳解釋起滿額送的活動。
「只要再買超過40塊的東西，就可以多一張兩百元的禮券喔～」
店員甜甜的嗓音與兩百元禮券加總起來的作用，讓妳毫不猶豫伸

手拿起結帳櫃臺旁的電池湊齊了額度。

妳就像那兩組電池一樣，只是為了湊數用，當初根本不在購物清單中。

想到這裡，妳咒罵起單身，咒罵那些驕傲自己的單身，卻鄙視妳總是孤單單一個人的人。

只是，一個人的日子還是照樣要過，總不能因為雨後不見得會有彩虹，就不再抬頭望向天空了。

單身的這些年，旁人最讓妳困惑的一句問話是：
「妳一定很挑。」
說這話的人語氣總是格外肯定，就像是一眼看出妳是個女人的那種肯定。妳困惑的，倒不是自己是否真的因為太過挑剔，才單身了這麼久，而是這根本是無解的一句問話。
要回說「對，我很挑」嗎？天知道，根本不是那麼一回事；但回答說「我不挑啊」？又像是拐了個彎在說自己很隨便，這也太對不起我生命中曾經出現過的男人們了。
「只是隨口說說的一句話，何必認真。」
朋友這樣勸妳。
妳也沒辦法，自己就是這樣容易認真的個性。
因為太認真，妳一直以為最後還是會跟他在一起。
那個當初分手時說會一直等妳、有多愛妳，後來還是娶了別人的男人。

妳很確定自己單身了這麼多年的原因，不是因為挑剔。

單身的這些年，年紀又大了一些，妳變得更難相處，是因為太明白應該把時間跟精力，多花在真正重要的人事物上。

妳懶得再去迎合誰，妳終於學會把自己的想要，擺在別人的需要之前。

妳是越來越不容易妥協，不是越來越挑剔。

妳只是念舊，也是一個需要事先有準備的人，希望凡事都能照自己習慣的模樣存在著。

但這個世界上的節奏越來越快，沒人有耐心理會妳的緩慢、一成不變。

沒有辦法承認的是，妳對失望的承受力越來越弱了，才選擇了消極地獨處，不再勉強自己一定要跟任何人都合得來。

讓妳意外的是，因為坦白面對自己種種的弱點，反而讓妳更加理直氣壯敢跟世界對抗了。

活出了自己的頻率，享受著自己難懂的堅持與慢條斯理的步伐，這樣的從容自在讓妳慢慢愛上了獨處。

年輕時的妳害怕獨處，總急著想把時間填滿，現在反而喜歡自己一人放空的時間。從不習慣落單的茫然，到把單身的日子過得滿意又自在，又進一步變成抗拒再讓另一個人進入自己生活。

不習慣沒有人陪的日子已經過去，現在的妳開始擔心起身邊再有人的話，日子該怎麼過？

妳不再害怕遇不到那個對的人，現在的妳更害怕的是那個所謂對

的人，一旦進入了生活，會變成了對妳干涉過多、想改變妳的人。

也許，年紀變大了不會比較明白，自己想要的是一份什麼樣的感情。

但是，經歷了這一段焦躁不安的日子後，妳比較搞懂自己不想要的是什麼。

不想要為了一份愛情，改變了原來的自己。

不想要為了跟別人有所交代，就結一場婚。

妳不需一個財力雄厚的對象，妳更想要能一起討論柴米油鹽該怎麼處理的人。

這個人不能光是因為妳夠堅強獨立而愛妳，更要能在妳最軟弱的時候毫不遲疑接住妳。

被懂得、被瞭解，有時候是來自於簡簡單單這樣幾句話：

不管妳再堅強，都可以在我面前軟弱。

我不會不耐煩、不會嫌麻煩，妳可以放心在我面前做自己。

妳不必時刻偽裝，他也不會因為見到了最真的妳嚇跑。

你們願意放手給對方自己的空間，也要一起走到最遠的明天。

妳終於學會把自己的想要,擺在別人的需要之前。

妳為誰堅強

致 ——

時間過了一年多了，某日她傳來訊息：你好嗎？

我崩潰了，但還是得要堅強。對我來說，她完美無暇，雖然都過去了，還是希望她能永遠幸福。

是我迷路了，且我的導航也不在了，但我相信自己最終也能成為導航。

有一種人因為不懂得可以依靠，

於是從很小的時候就只懂得堅強。

堅強，對他們來說不是一種習慣，而是經過選擇後得來的結果；

其實是根本沒得選，堅強是應該要做到的日常。

妳從不抱怨，心知肚明自己別無選擇。

但，人都是這樣子的，妳的強項往往也是妳最脆弱的地方。

人人都說妳懂事堅強，於是人人都依靠妳。

妳總是在照顧別人，擔心別人好不好，卻沒人擔心妳好不好。

他們習慣了妳的堅強，就以為妳不需要任何人、自己一個人也能夠很好。

妳的無助成了無處可說的心事，這樣的心事就只能一天天慢慢腐蝕著自己。

妳甚至不知道自己哪裡出了錯，為什麼日子過得這麼疲憊。

妳不明白自己錯在說不出口，錯在不讓人知道妳也會脆弱。

妳不奢求別人的安慰，覺得麻煩別人不對、依靠別人太狼狽。

妳曾經以為自己很懂得一個人在漫長漆黑的隧道中認命前進，並且朝著沒有把握的未來努力。當努力了太久，卻看不見遠方光亮的出口時，只要一個突如其來的小小顛簸，就能輕易地絆倒妳。人生中這樣一個小小的坑洞自然是難不了妳，會讓妳倒地不起的重擊，則是這一路上走來的孤單、不知道還要堅持多久的艱難，這些紛紛擾擾都壓得妳動彈不得。

更加沈重壓在肩上的，還有妳那不輕易讓人看見的倔強。

人生的未知與風險，正是它最要命的有趣。
就算不能總是走在最安全的路上，就算難免會受傷，我們還能夠樂觀地前進、期待著未來，是因為人與人之間陪伴的力量。
每當最絕望的時候，總會有人傳遞過來溫度，讓我們知道自己不是一個人在奮鬥。如果妳總是不讓別人知道自己需要幫助，那雙手又怎麼知道要在哪裡接住妳。
妳以為不示弱就代表自己夠堅強，卻沒想到這樣的好強，只是強迫自己面對過大的壓力。

真正的堅強是坦白承認自己的脆弱與害怕，正視它、釋放它，再去面對所有該面對的一切。

人生每一道傷口都來自我們經歷過的事，歲月是支彩筆會淡化疼痛、美化記憶，把曾經的傷害變成讓後來的我們笑著提起的故事。
我們不停被時間改寫，從逞強、不甘示弱，到懂了堅強是經歷過脆弱的人才能夠撐起的氣勢。
當別人總在期望妳無堅不摧，隨時準備好要解決他們的問題時，只有妳最該懂得何時該放過自己、適時地善待自己。
哪怕別人再為難，妳都不該為難自己。

因為明白了這一點，妳會加坦率地面對人生。
因為妳終於明白了，當人生的滋味混雜了淚水的鹹度，會有一種剛剛好的甜度。

用坦率的態度輕鬆度日，當愛情不請自來時，妳也會懂了可以不要那麼獨立，偶爾依賴別人也無妨。他不會因為害怕麻煩而走掉，獨立的妳也該學著喜歡自己在愛情中不獨立的樣子。

依賴別人不代表就失去自己，麻煩別人更不是什麼丟臉的事情。
愛情大過無謂的、不值錢的面子，在愛人面前好面子是多餘的。
可以做自己的戀愛，是妳可以放心的使壞、耍無賴。
可以做自己的戀愛，就算不那麼獨立，妳也還是妳。
可以做自己的戀愛，是不怕示弱，也接受他的脆弱。
可以做自己的戀愛，是你忙你的我過我的，我們還是可以各自精彩地活著。

獨立中的不獨立、依賴裡的不依賴，這正是妳最想要的愛情模樣。

幸福有時會遲到更會迷路

如果幸福會遲到，妳願意等它多少時間、給它幾次迷路的機會？

妳終於決定結束一段婚姻的時候，已經快要四十，是個大家覺得應該要安分了、人生的目標要放在其他地方，而不是再奢望會有愛情的年紀。

也許男人就是吃定這一點，在這段婚姻中，他懶得為繼續好好相處而做出任何改變。他以為維持現況就是幸福，卻不明白這個現況並不是妳要的幸福。

幸福始終是兩個人的事，而妳要的幸福從來不是別人眼中的羨慕，妳要的是自己內心的踏實。

在那段時間裡，為了維持別人看見的幸福，妳過著總以為過不去的每一天。

在下定決心之前妳不是沒有想過，這一轉身，可能讓年近四十的妳再也找不到人陪。

但，對於當時的妳來說，孤單過完剩下的這一輩子，並不是讓妳最害怕的一件事。

讓妳最害怕的，是明明身邊有人陪卻令妳更孤獨。
妳孤獨得起，最不想兩個人卻是孤獨加倍。
妳孤獨得起，多個人不該只是表面的安慰。

妳不知道曾經想要走到的天長地久，怎麼會走成一片荒蕪。
妳不清楚是在哪個轉角，你們鬆開了對方的手，讓幸福迷了路。
妳只知道，兩個人在一起不該只是為了可以相互取暖，或做為他人的模範。

兩個人在一起，應該是我的人生再也不能沒有你、應該是最想一起為幸福而努力。

妳對自己生氣，無法諒解自己，怎麼會把人生過成這個樣子。
日子是自己在過的，心酸也是自己在承受的。
一個人對自己最簡單的責任，不過就是要讓自己快樂，而妳卻這麼失敗。
那段時間的妳很不像自己。

總是會有那麼一段時間，我們覺得不像自己。
過著不滿意的生活、做著不開心的工作、跟不怎麼喜歡的人在一起。
也許是累到不願意再徒勞無功地努力，或是消極地希望有個被什麼拯救的可能會發生。

那時候的妳忘記了，以前滿懷願望一定要跟最愛的人一起一輩子。
那時候的妳，每到世界最安靜的時候，只剩下妳和自己的悲傷對望，而你們卻無言以對。
妳躺在他的身邊，不確定自己留下來是不是因為習慣。
妳躺在他的身邊，心遠在天邊，他的悲喜再與妳無關。
因為習慣，妳決定縱容他漠視妳的傷心。
因為心軟，妳選擇對自己殘忍，留在他身邊。

妳其實也搞不清楚，你們是在什麼時候走散的，但妳很清楚是在

哪段時間也把自己弄丟的。

是從妳不願意好好面對自己、不願意承認自己不快樂開始的。

妳把自己弄丟、又漠視一切，別人也就理所當然無視妳的傷心。

日子還能夠更壞嗎？再壞也壞不過被自己放掉的對待。

過了好久好久之後，妳才弄懂，**過去那種自以為的犧牲奉獻，只會感動一位觀眾，那就是妳自己。**

妳以為遲疑著不離開，是對他好。卻不明白，這才是最疼痛的凌遲。既然遲早會走的，何不給彼此一個痛快。

先提出分手的人並不表示不會痛，只要曾經愛過，心就會疼。

提出分手的人的痛，是預先難過了許久。

被分手的人的痛，則是事後難過了許久。

妳在四十歲那一年，又回到了一個人生活。

妳在四十歲那一年，終於再一次讓自己快樂起來。

妳明白了讓自己開心、對自己好，並不是自私，那是所有關心妳的人小小的希望。

而那個結束了的曾經，也許還做不到當作是人生一個不小心的摔跤，但妳不會再把它當作身上的一處缺陷了。

我們無法提早知道而避免那些錯誤，但可以做到的是，在未來，再有個人出現時，安撫自己不要怯場、提醒自己不要把過去的傷害，硬塞在將來可能的幸福手上。

當那個人帶著遲到的幸福來到妳身邊時，也許，妳還是會遲疑、以為一輩子太長，沒有把握能不能一起牽手走得到。

到時，妳不妨告訴自己，只要用心讓兩個人相處的時間，開心的像是只有一秒鐘，捨不得結束。貼心的像是過了一輩子，最懂彼此想要。

然後，一起快樂、一起迷路、一起試著走到最遙不可及的未來。

一起去到每一個有彼此的明天看看，這遲到的幸福能帶著你們去到多遠的海角天涯，去見識那聽說的海會有多枯，石能夠多爛。

兩個人在一起，
應該是我的人生再也不能沒有你、應該是最想一起為幸福而努力

是誰說一定要長大

晚上醫院的診間特別冷清，一個個疲憊不堪的上班族在候診室藍椅子上各據一方。

妳的高跟鞋清清脆脆敲響了地板，匆忙趕到自己掛號的醫生診間，大門居然敞開著。妳心裡覺得不妙以為醫生已經離開，才探了探頭，護理師就開口跟妳要了健保卡，拉開淺橘色的簾子讓妳坐定，連等都不用等。

簾子一拉開，年輕的女醫生正對著妳微笑。

真是太幸運了，妳心想。

「嗯～妳有蟹足腫體質，這個疤如果不處理會越長越大。」

聽著說明，妳懷疑起醫生是不是偷窺自己的生活。

妳心中的確有個一直不去處理的問題，越長越大已壓迫到妳呼吸困難。

在門診打了針，妳往如迷宮般的院區裡鑽，企圖找到批價的櫃臺。這醫院大到妳不停迷失方向，連找到一個可以批價的地方，也十分困難。正忙著定位方向時，男人的簡訊跳了出來。

「在哪？」

「看醫生，你忘了？」

妳心中浮現一股不滿。

「記得。我剛下班，巧遇了阿強。」

接著妳的手機就沈默了，動也不動一片死寂。

就這樣簡單一兩句，像是擔心被嘮叨的母親責罵的孩子，草率地交代了行蹤。

連妳看醫生的結果都沒問，更別提關心妳晚餐吃了沒。

在一起七年了，妳一直覺得男人沒有長大。

你們在青春飛揚的燦爛季節相遇，火速陷入熱戀，總不吝嗇展現讓人羨妒的愛情。

然而，煙火只在夜空裡燦爛，而曾經燦爛過的記憶，壽命通常不足以撐過一個夏天就會被遺忘。

回過頭再看看，當時曾經有過什麼樣的心動或甜蜜，只會讓人覺得太過吃力。

那一條分界線不知道是在什麼時候被偷偷地劃出來，分開了當時只是單純愛著、笑著的兩個人，跟現在一起平淡度日的兩個人。

後來，願意繼續在一起，已經不光是愛或不愛這種當時覺得要命、如今笑稱簡單的事情了。

當愛情活進日子裡，妳有時候會寧願不曾見過他早晨起床時的模樣，雖然那曾經是妳覺得最幸福的時刻。

當愛情活進日子裡，妳時常會覺得累，這樣的疲累總有一天會爬滿全身攀附住妳動彈不得。

妳累到連多說一句都沒有力氣、累到已經不想吵架、甚至不想見到他。

但妳沒有不愛他，妳是很累地在愛他。

但妳沒有想放手，妳還是想在一起。

妳對愛情倦怠了，卻還是想弄懂他。

妳跟朋友抱怨過，他拒絕長大，而妳隨著日子一天天過去卻必須長大。

人總得要長大的，要面對人生所有該面對的。

妳認真過著生活，他卻總是隨遇而安。

妳積極計畫將來，他寧可走一步算一步。

他沒有變壞卻也沒有變好，他只是待在你們認識時的原地，動也不動。

就算姊妹淘們同仇敵愾指責他，也沒有讓妳比較好過，倒是妳的Gay蜜說的一番話，讓妳放在心裡想了很久。

「分明是妳想逼他長大，自己才能一直當個孩子的。」

如果可以選擇，誰想要長大？

每個大人心裡的那個小孩一直都在，無時無刻都在大聲吶喊著不想長大。

小時候以為的長大多麼光鮮帥氣，誰警告過生活會讓你累成一攤爛泥？

小時候以為的長大多麼愜意自在，誰提醒過夢想有可能會被自己放棄？

是誰說一定要長大？

是其他裝成大人模樣的小孩，要求我們要跟他一樣裝扮。裝作大人樣，配合大人的遊戲規則。

大部分覺得自己應該要長大的小孩接受了，像妳。

而他，抗拒了。

妳在回家的路上，邊躲著毛毛細雨邊胡思亂想著，突然眼前出現他著急的身影。

「你怎麼會在這？」

沒說出口的話是，不是丟下我去跟人吃飯了嗎？

「我猜妳從醫院回家會經過這，所以就在這等妳，妳都沒注意手機喔～不是說了要跟妳一起吃飯。」

男人輕輕捏了捏妳的鼻頭，妳突然一陣鼻酸。

「怎麼了，醫生怎麼說？打針了？還是有開藥吃？」

男人看妳突然紅了眼，緊張地追問。

妳猛搖頭，只想把臉埋進他的臂彎裡。

「餓了吧？去喝碗豬肝湯幫妳補補血。我下午去大哥家看過妳媽，幫她把手機的問題搞定了。」

他一邊說一邊牽起妳的手，妳只能一直點頭。

當愛情活進了日子裡，已經不是開不開口說我愛你，就是因為愛你才總是把你的事擺在我自己之前。

當愛情活進了日子裡，已經不是天天都見面的黏膩，讓我保有自己的世界而妳有時想進來也很歡迎。

恐怖故事聽多了，好像一抹開起霧的浴室鏡子或是浴簾一拉開，就會有張鬼臉或是把剃刀等著自己。

愛情對妳來說就如同恐怖故事，妳總是等待著惡鬼跟壞事找到自己。

那個被曾經的愛情傷透了、一直沒有好起來的小女孩窩在角落看著妳。

「早就跟妳說過了，我們不會幸福的。」
話一說完，她走了過來，牽著妳去到角落一起躲著。
「躲在這裡最安全了，一定不會被找到。」
小女孩說。
「沒有人找得到，包括幸福也不會找到我們。」

妳突然明白了，妳一直想證明自己不可能會被愛、不可能會幸福，注定要被拋下。
所以，妳開始找他碴。
妳對他說，他根本沒有長大。
妳的責怪越來越大聲，只是想證明比起男人妳長大了，妳會懂事、會體貼、會好好聽話，可不可以不要離開妳。

一直被說沒有長大的男人，其實，長大了。
長大的理由跟動力，是他愛著的這個女人。

不願面對爭吵，妳以為他總是油嘴滑舌帶過。談到兩個人的未來，妳覺得他總是閃爍其辭。
但，情緒這件事，男人平常原本就不專精。一旦遇上了，他們會比女人需要多一些時間處理。
在準備好肩膀去扛起一切之前，還是習慣嘻皮笑臉說著一些不著邊際的鬼話。
男人最怕的就是麻煩，只有放妳在心上時才能不嫌麻煩。
他若不是夠愛妳，怎會願意麻煩自己去接受妳這個麻煩。

「剛剛在醫院裡是不是又迷路了？」
邊吃著晚餐，男人邊笑妳。
妳翻了翻白眼瞪他，心裡慶幸著你們誰也沒有比誰長大。

我們都不想長大、也幸好都沒有真的長大。
才能依舊相信愛情、相信只要努力就可以一起幸福。

努力多久才可以喊累 —— 輯三・成為情人

當愛情活進了日子裡，已經不是開不開口說我愛你，
就是因為愛你才總是把你的事擺在我自己之前。

能夠再快樂起來的明天

離婚之後的她對於身邊的一切都失去了感知。

結束一場婚姻、一段愛情，也連帶失去一個曾經最好的朋友，所有喜怒哀樂一併消失不見。

她過著不好不壞的日子，跟人保持不好不壞的關係，

每天的情緒也是不好不壞，工作效率也維持著不好不壞。

就這樣繼續把人生過完也不好不壞，至少不虧欠世界些什麼。

她這麼說著。

她在別人面前表現出不好不壞的情緒，會收斂起難過，免得旁人會尷尬。

懂事的人總是想得多，該被照顧的時候她還會照顧別人的為難。

武裝自己不必依賴別人，沒有依賴、不會依靠自然就了無牽掛。

然後，在一個人的夜裡，就真的以為自己一點也不需要被安慰。

然後，在一個人的夜裡，一遍又一遍細數著自己那些遍體鱗傷。

她說早已看破了，決定不抱著任何期待過日子。

會說看破了，正是那種原本比誰都還要努力、之後還是會忍不住全力以赴的人。

說自己看破了，是不想被知道心裡還偷偷在期待，就能避免又一次次的失望。

說自己看破了，是不想要再因為期待而疼痛，是不想又被落空擊敗。

說出了口，是希望絕望會被聽見。

說出了口，是想掩蓋無聲的求救。

我們總以為放棄的人，意志力薄弱，根本無法面對挫折。

卻不明白，他們是太過努力把自己逼得疲乏不堪，最後只好放棄。

在我傳了訊息給她後，這個女人哭紅了眼出現在我面前。

一個人最脆弱的時候，是告訴自己要堅強，卻被朋友突然的關心。

脆弱時，路人無視你的眼淚是體貼。

朋友的一句安慰是你最害怕的溫柔。

她說，一直以為自己再也沒有淚了，卻在看了我的文字之後淚流不止。

我說，還能流淚就是還能被感動。

找回了眼淚，也就找回了當初能夠被感動的自己。

當初的那個自己，揮霍著快樂的同時也學著勇於承受悲傷。

當初的自己願意感受世界的好與壞，願意相信過了悲傷的今天，總會遇見某一個再快樂起來的明天。

「相信自己」這樣強大的力量是足以扭轉乾坤的。

我不是天生樂觀的人，但好幾個有力的佐證堅定了我這樣的相信。

只要有心想改變，就會想到辦法。

就算你想不到辦法、老天爺也會替代你想方設法。

我有個朋友是上班族，她的小主管不認真工作又會推卸責任，更別提總是公私不分要助理去幫他處理私事。
朋友與他合作幾年下來極度痛苦，為此動過好幾次離職的念頭。

有一回，這個數不清楚犯過多少次錯的主管逾假未歸，公司高層一聲令下就Fired了他。
這個人事異動來得突然，像是高層苦等多時的良機終於到來。我朋友順理成章升上主管職，還多帶了幾個幫手，連帶著薪水也調整到讓她滿意的價位。
不到三個月前，還讓她痛苦到想離職的公司，曾經連想也不敢想的幸運就這樣發生了。
簡直比許下生日願望還要靈驗。

這樣的好事發生過沒幾天，下班回家的路上，她發現通勤偶而會搭的公車路線更動了。
一般來說公車是不常更動路線的，原來這次的更動是為了配合新的捷運路線開通。讓她驚訝的是，這條更動後的路線跟她曾經在心裡模擬過的一模一樣。幾次在心裡嘀咕過，直走不就好了嗎？
繞了一個大ㄇ字形真的很多餘。
現在，公車真的就照她想要的路線走了。

「這兩個心願都是我曾經一閃而過的念頭，根本沒想過會有實現的一天。」
現在回想起來，她還是很激動。
「正面思考的力量真的很大耶！全宇宙都聯手幫助我！」

我不確定全宇宙是不是真的都聯手來幫助了她，我只知道——**當你願意讓自己越來越好，是沒有人可以阻止得了你的。**

宇宙分分秒秒都以它自有的節奏運行著，默默安排著些什麼，不疾不徐照著它自有的速度與頻率。

它並沒有徵兆，所以你總是心急，因為早就等待了太久。

偏偏宇宙又不會給你保證，不會許下那種好事一定會發生的保證。但，就算你沒有特地在等、沒有懷著期待，有很多事還是自顧自地發生了。

不管你期待或不期待，沒有什麼是永遠不會來到你身上的，像是颱風、跳電、白髮、肥肉。

那，你為什麼不願意相信，愛情也總有一天會來到你面前、好事也會發生在你身上呢？

脆弱時，路人無視你的眼淚是體貼。
朋友的一句安慰是你最害怕的溫柔。

這路上的顛簸都是必要的

談過很多次戀愛的妳，開始對戀愛提不起勁。

除了實在是沒遇上讓妳願意不嫌麻煩的人之外，更多是妳不確定自己還剩多少力氣能夠承受戀愛的失敗。

已經失敗了這麼多次，妳不免認命地相信，每一件事情都是有額度的，像是一輩子能賺到的錢、像是一輩子會愛上人的次數。

逃避在愛情面前再次失敗的妳，只是沒搞懂———**許多人之所以能好好談上一場戀愛，就是因為他之前失戀的次數夠多。**

每一次失戀的曾經都是學會的過程，我們透過那樣苦痛的過往，明白了不該如何去愛、應該如何地愛。

失戀次數夠多不見得會讓妳更加勇敢去愛，但妳會明白一段愛情的失敗不光是妳做錯了什麼或是妳哪裡不夠好，那是兩個人都該揹負起的責任。

談戀愛畢竟不是一場好人比賽，兩個好人不見得能談上一場好的戀愛。妳的好不是他要的，那只是多餘的討好；他的好妳無法懂得，也只剩下客套。

兩個人都那麼好，但在面對相處的難題時，不能好好去面對也是沒有用的。

愛情最困難的不是開始，而是堅持下去。

愛情的開始充滿著甜蜜的想像，日子是輕鬆而愜意的。

相處過後的難題卻是擺在眼前，有著必須克服的沈重壓力。

對很多人而言，放棄是相對輕鬆的選擇，而願意堅持下去除了因

為愛情，更多是放心不下對方。

放心不下面前這個人，少了自己之後，不知道日子會一塌糊塗到什麼地步。

放心不下眼前這個人，那些改不了的壞習慣，沒了自己的嘮叨怎麼戒除。

因為放不掉這雙手、因為這樣的牽掛，讓兩個人繼續為了能在一起而努力，是不放心帶著這段愛情又多走了一段長路。

至於沿途遇上的那些態度曖昧不明的過客，也許夠喜歡妳但肯定不夠愛妳。

因為我們都知道愛著一個人的感覺，絕對不是他對待妳的態度。

愛情本來就不需大方，愛上一個人更不會是因為他對妳有好處。

他讓妳無止盡地等待，以為總有一天他會愛上妳。

他要妳別只為他美麗，也許會有別人更加適合妳。

愛一個人是迫不及待的心急、是毫無把握的心慌、是不許別人佔有的霸道。

如果妳總是在風中雨裡等待他偶爾想起妳，妳對他來說，根本一點也不重要。

妳似懂非懂地聽著，還是喪志地覺得對妳來說幸福只是聽說，根本輪不到妳身上。問題是，當妳總讓自己躲在害怕受傷的陰影中，那個一直在尋找妳的人，根本看不見妳。

不要愛上妳，妳很想大聲警告所有人，妳是個怪胎。

妳很難再談上一場戀愛，才剛在一起就害怕會分手，對愛情唯一
的信仰是永恆並不存在。妳真該好好感謝這麼古怪的自己，談過
的戀愛都不是辜負、都對得起青春。

很難談戀愛所以慎重，怕分手是因為太在乎，覺得永恆不存在才
會好好珍惜兩個人的現在。

聽著我的解釋，妳釋懷的笑了。

妳知道現在的自己，已無法再像以前那樣不怕疼地去愛，卻也還
學不會有所保留地愛。但日子過得從容的妳，早就不需要一張結
婚證書保證未來。

有些人就是注定要繞遠路的，捷徑攤在面前妳還不敢踩進去。

這樣的妳後來找到的感情，是妳越來越喜歡在他身邊時的自己。
在他身邊的妳可以很好、也會耍壞，而且不管是什麼樣子他都全
盤接受，沒有被嚇跑。妳放心展現最自然的自己，不必事事堅
強、可以放心依賴。

一個人時很獨立，兩個人時就順勢安放自己的心。

他的出現不像偶像劇主角登場般的耀眼，妳沒有對他一見鍾情、
沒有緊張到忘記呼吸。

他在妳還來不及察覺的時候就來到身邊，默不作聲地待了好久。
經過了一段久到你們都算計不清的時間，到了很後來的後來，因
為已經習慣身邊有他之後，妳才發現自己喜歡他。

他總是有辦法讓妳笑出來，就算上一秒妳還被他氣到哭。有了他
之後的日子，再無聊都成了有得聊。

他不是妳認識的人當中最好的，他更沒有什麼甜言蜜語可以說，卻總是記得與你們相關的枝微末節。

妳要的從來不是最好的那個人，妳要的是可以對妳最好的人。
條件再好都是他的事情，但他可以對妳好到讓妳這麼喜歡自己，才是最無可替代的好。

妳要等到那一天，可以細數這一路的記憶時才會理解，路上遇見的顛簸都是必要的。
還會發現，老天爺並沒有弄丟妳的地址，只是，非要等到這一天，妳才會知道。

經過這麼久的等待與練習，其他人只留下潦草的痕跡，而他是妳一筆成畫的傑作。

妳後來找到的感情，是妳越來越喜歡在他身邊時的自己。

萬年愛情板凳球員

她今年三十八，就跟大部分的現代人一樣，外表保養得宜看不出真正的年紀。

單身，無婚姻記錄。

關於單身這件事，她從剛滿三十那年的驚慌失措，到過八年後的今天，已經有點麻痺了。

個性開朗的她不是個難聊天的對象，也試過幾次無疾而終的約會。

這些約會對象有兩個共同點：

第一：都是旁邊比她還心急的親友介紹的。

第二：在第一次約會之後就再也沒聯絡。

如果只是沒聯絡這麼簡單，她當然就懂了對方的意思。

但，其中有個男人居然在工作場合上，再度碰了面，更可惡的是還假裝不認識她。

這可踩到她的地雷了，她決定要問出個所以然來。

知道會再跟男人碰面的那一天，她全身火力全開做好準備：自然的妝容，合宜的穿搭，配上燦爛自信的微笑。

她刻意將男人單獨帶到空無一人的落地窗前，端著咖啡俯瞰遠處美景，不帶威脅、輕輕柔柔地閒聊著，從最輕鬆的話題———「讚美男人」開始。

「你這兩天的會議表現不錯。」

男人得意的笑了。

「還好，正常表現而已。」

看著他掛在嘴邊的笑容，她忍住想踹他的衝動。

「大家都是成年人了，我想問你一件事。」

聽出她語氣裡的認真，男人的表情有點退縮，眼神往下飄看了看手錶的時間。

不等他開口拒絕，她已經發問：

「為什麼上週第一次開會時，要假裝不認識我？我們明明出去約會過一次。」

男人有點慌張地左右張望了一下，壓低聲音說：

「我是怕妳尷尬呀～畢竟是在工作的場合又遇見………」

還想多做解釋的他，立刻被下一個問題打斷了：

「我其實更想知道，你為什麼不再約我出去了？」

男人驚訝地看著她，似乎沒料到會被問到這麼直接的問題。

「我真的很想知道原因。」

她語氣誠懇地補上了這句話，男人警戒的表情有點鬆懈下來，又張望了左右，嘆了一口氣，壓低聲音說：

「其實，我對妳的第一印象很不錯。」

他終於直視她帶著欣賞的眼神。

「但是，一開始的好印象維持不了多久，我就發現妳對我根本沒有興趣。妳不停說著自己的事，對於跟我相關的話題完全不搭腔。」

男人眼神看向落地窗前的河景，稍稍停頓了一下，好像在回想著什麼。

「我還記得那天晚上妳甚至幫我點好餐，還不准我更換，妳堅持這樣搭配吃比較健康。老實說，第一次約會就這樣被控制，還蠻

有壓力的。」

她努力回想當天晚上的言行，半天說不出一句話。

「整個晚上妳一個人說個不停，更誇張的是，最後妳還買單堅持要請客。而且，不讓我送妳回家。」

講到這裡男人自嘲的笑了。

「妳那天的態度讓我覺得，其實，那是一場妳的獨角約會，我到不到場都無所謂。我還以為這是妳婉拒不感興趣對象的方式。」

問出了真相並沒有讓心裡比較輕鬆，甚至釋懷。

自己只要一緊張就說個不停的毛病，被男人以為是不在乎他。

看不慣他只點了肉而好心提醒要搭配蔬菜，被說成是控制狂。

害怕麻煩別人，所以搶著付帳、謝絕接送，讓男人以為是不想有太多牽連。

她回想起幾年前，另外一個男人在分手時說：

「妳太獨立了。」

他的口氣帶著責備，好像獨立是一種錯，是她人生的污點。

他根本不懂，獨立是無從選擇後被迫接受的學會，獨立是種不得不養成的習慣。因為沒有人能依靠、因為自己處理起來最快、因為害怕別人不耐煩的眼神，最後只好變得獨立。

如果可以處處有救援，誰想要總是自己拼盡全力、渾身是傷才能打倒大魔王？

她真的累了。

自己為什麼這麼容易被誤解？

怎麼跟男人相處還難過比稿？

更難的，她實在搞不清楚自己到底是做錯了什麼？

三十八歲了，還過著談不上成功的人生、連個勉強曖昧對象的人都沒有，總讓她有股歉疚、好像對不起誰。

是對不起誰？

她對冒出這樣念頭的自己生氣。

明明都這麼地認真過日子、努力工作、好好善待身邊的人，也不過就因為單身，到底是對不起誰了？

「對呀！到底對不起誰了，我們！」

錯落的乾杯聲夾雜著幾個女人的怒吼，這是她常窩在一起的姊妹淘。

她們大大小小的節日都膩在一起，不管是刺眼的情人節、聖誕節，或是最需要相互取暖的生日，當然，還有一定要醉到大哭大鬧的分手那一天。

她們四個從二十多歲時一起嘲笑身邊那些急著談戀愛的人，到三十多歲時嘲笑那些急著把自己嫁出去的人。她們一起抱怨自己不幸福、一起期待著將來會幸福，卻又眼巴巴看著被她們嘲笑的人一直很幸福。

中途當然有人脫隊去談戀愛的，但在渾身傷痕累累之後，姊妹們還是以最溫暖的懷抱迎接她歸隊。

她偶爾會冒出暗黑的念頭，覺得這群姊妹對她來說有種「至少我的人生還有妳」的慰安作用。

這個週末夜晚，四個女人窩在她租的公寓裡誓言不醉不歸。

號稱有大事宣布而召集了這次聚會的真真，兩頰因為酒精的作用顯得紅通通的。

每個人的視線都盯著真真，但她從一進門就猛喝酒，又一直扯別的話題聊，好像需要壯膽才能把想說的話說出口。

「到底發生什麼事呀？」看著真真狂灌酒的樣子，連大剌剌的小美也擔心起來。

「該不會是⋯⋯又分手了？」向來謹慎的阿華小小聲的說。

她跟大家一樣納悶地看著真真，幸好，大家都很有默契不急著逼供。

「我要結婚了。」

乾了不知道第幾杯白酒之後，豪邁地放下酒杯，真真沒頭沒腦的大喊，話才說完自己就掩面痛哭。

真真是四個人裡面年紀最輕的，今年33歲。

年紀最輕但談戀愛的次數最多，當然分手的次數也最多。

「我有種背叛了大家的感覺，對不起！」

看著姊妹淘哄著還在大哭的真真，她覺得眼前的畫面太荒謬了。

她不得不承認心裡除了替真真覺得開心，另外還有一股嚥不下的氣梗在胸口。

看著哭成淚人兒的真真，她突然明白了那口嚥不下的氣，不是嫉妒，真的不是嫉妒。

是恐慌，是感覺自己就要滅頂的恐慌。

那是一種漂浮在茫茫大海中多日，一直賴以求生的救生圈突然被拉走了的無助。

自己之所以一直覺得放心，總是好整以暇過著單身的日子，不急著談戀愛更無視周遭的頻頻催婚，那是因為姊妹們都沒有結婚。

至少，還有她們陪著自己，而這樣的狀態一直讓她覺得很心安。

今天真真突然宣佈要結婚，也不是不替她開心，只是她們會不會一個個輪流丟下自己去結婚？

自己會不會是最後被留下來的那一個？

談戀愛對現在的她來說就像是逛超市。

很多人很多時候去超市並不是真的想要買些什麼，就純粹想去逛逛而已。

她就是這樣的人，她喜歡逛超市，這件事給她一種生活掌握在手中的踏實感。進到超市後不一定會買東西，有時候，她會把東西拿起來看看又放回去，好像不是很需要的樣子，就像她常會曖昧三個月後突然完全失去感覺。

她也常會帶一些原本沒有要買的東西回家，就像談戀愛一樣，愛上那種沒想到自己會愛上的人。

宣布要結婚的真真則是那種沒事不會去超市，只要一去，東西拿了就結帳。

她是那種連貨擺在哪個架上、今天是特價還是漲價了都一清二楚的人，她很清楚自己要的是什麼。

她其實很羨慕真真的果斷與這麼有目標。

自己就像是萬年板凳球員，只敢在冷板凳上偷偷嘲笑那些上場後揮棒落空、被三振出局，表現不好的人。

她不是沒有過上場的機會，只是她很堅持如果不能一上場就打出全壘打，寧可不參賽。

問題是，**如果沒有那一千次揮棒落空累積的經驗，怎麼會有第一千零一次擊出全壘打的精準？**

只是在場邊嘲弄著別人，自己卻連上場的勇氣都沒有。

總是躲在姊妹的身邊，嘲笑急著戀愛、結婚的別人。

而這麼多年過去了，自己卻連一場戀愛都不敢去談。

人生不是只要舒服舒服過日子就好，偶爾也要願意冒個險，把自己的心交出去，看看會變成什麼樣子。

雖然我們每個人都知道，躲在自己的習慣裡過日子最安全、也最放鬆自在。

妳習慣每天出門都往右走，妳習慣只跟姊妹們聚會，妳習慣約會兩次後決定要不要繼續聯絡那個人。

但，如果一直習慣一樣的事情、一樣的決定、一樣的日子，妳永遠不會知道，妳的習慣會讓妳的人生錯過些什麼。

想要人生有些改變，也許就從改變自己的習慣開始。

談不了戀愛的妳

年紀越大會越來越容易習慣一個人，妳說這也是沒辦法的事。

想辦法讓另一個人認識、花力氣跟別人解釋自己的過去現在，這樣的事太累了，妳懶得再去經歷一遍。

已經很長的一段時間，妳把日子過得很有一套，在可以掌握的生活節奏裡，實在塞不進另一個人的步調。

距離上次談戀愛已經是五、六年前的事，那一次的元氣大傷讓妳安靜了好些年，老老實實過著一個人的日子。

妳沒有什麼戀愛的需求，

卻也找不到讓妳就算會受傷也願意去愛的人。

在覺得戀愛太麻煩的現在，

妳找不到那個讓自己心甘情願被麻煩的人。

妳不想被人發現這裡有個單身的人，於是靜悄悄不打擾世界地過著。

用來生活的力氣都不夠了，怎麼還有餘力去愛誰。

空窗太久，妳說已經不懂得怎麼去愛了。

愛情就像是一部經典電影，妳聽說過、旁人也極力推薦總說精彩萬分錯過可惜，妳卻不想買票進場。

愛情也是一冊世界名著，那名字妳聽說過但情節複雜、內容紮實厚厚的一本，妳實在無力細細閱讀。

別說談戀愛了，妳連新朋友也越來越少結識。

原本就是怕生慢熟的個性，也不擅長交際，跟老朋友們相處自在，讓妳情願窩在這樣的舒適裡，哪兒也不去。

年輕時候總是怕寂寞，哪裡人多哪裡熱鬧就要往哪裡去，卻在一個人回家的路上更覺得寂寞。

後來妳發現勉強跟每一個人當朋友，還要讓每個人都喜歡自己實在太困難，也不會比較快樂。

真正的朋友不會計較妳是不是每次聚會都到，
那是交際不是交情。
真正的朋友不是花最多時間耗在一起的人，
而是花最多心思為對方著想的人。
妳更明白了不必一直費力解釋自己，懂妳的人不必，不懂妳的人
不值。

跟老朋友在一起時，你們老愛提起彼此糗事相互調侃，而在妳哭得最慘的時候也總是他們，靜靜陪在身邊。

有彼此在身邊的時候，你們總是笑得特別瘋、哭得特別醜，那時候的妳最開心、最放心、也最自己，你們說好了一輩子都不能輕易放過對方。

老朋友就像習慣去的餐廳，隨口就可以點上一桌最愛的菜，根本不需要菜單。既不會踩到地雷，也不擔心會被坑。

想要人陪時就有朋友在身邊，單身生活並沒有別人眼中的淒涼，妳也不懂為什麼大家老用悲傷的眼神看著自己。

單身生活過得太舒服了，誰還要找另一個人來破壞這一切？

妳不是挑剔或眼光高，只是也許自私了一些、太愛自己了一點，捨不得讓別人來分享這樣自由自在的幸福。

妳已經沒有以前那麼勇敢了，可以不顧一切想愛就去愛。

妳沒有辦法像以前那樣單純的愛，妳的愛情變得複雜了。

妳不想與人分享那張舒適的雙人床、不想交出任意操控的選台器，更捨不得失去安安靜靜的一個人時光。

妳不想改變現在的自己去配合任何人，一個人過日子的省事讓妳害怕，如果多了一個人之後會變得多事。

妳擔心在還沒有屬於兩個人的故事發生前，把另一個人介入妳生活的這件事活成了一場事故。

單身生活沒有幾件事能難得了妳，而戀愛居然成了最困難的一件事。

過往幾次經驗的累積，戀愛留給妳的全是負面印象。

妳太會看人臉色，每次談戀愛為了討對方歡心總賣力過了頭，只是想談個輕鬆戀愛卻讓自己越來越累。

妳力求表現，想要打造自己成為最完美的另一半，簡直比做一場完美簡報還要吃力。

一旦覺得開心，就開始擔心這段感情什麼時候會結束。

妳相信自己被下了詛咒，不可能這麼簡單就可以幸福。

妳更常在談了戀愛之後不認得自己，這些都是戀愛留在妳心裡的陰影。

妳總是擔心著愛情裡不見得會發生的可能，每天活在被自己恐嚇的害怕中。

其實，戀愛就只是戀愛，戀愛是為了要開心，可妳的性格把戀愛

給談壞了，戀愛本身並沒有錯。

一個人的性格固然難以改變，但人的心情卻可以藉由提醒來做改變。提醒自己多往好處想、不要一直唱衰自己、這麼努力的自己是值得幸福的。

生活並不都是光鮮亮麗，自在逍遙的。
天氣冷了，是想念的季節，妳卻連個可以想念的人都沒有。
談戀愛也許心煩，
但人生有些事還是需要另一個人一起陪著麻煩的。
妳也想要有個可以嘮叨的對象，
練練自己的白眼可以翻過幾個山頭。
妳也不想一直這樣堅強，
也想有可以依靠的肩膀、能夠要賴的對象。
但，妳就是愛不了，妳沒辦法愛上任何一個人。
一個人這樣繼續過下去，就可以理所當然避開所有可能的傷害，
妳心裡是這樣子想的。

我們都會犯錯，會受傷也免不了傷害過一些人。
每個人都是從每一次的受傷跟做錯之中，學會了該怎麼珍惜、該怎麼對待自己真正在乎的人。
受過傷的人會變得溫柔，因為知道疼痛那是什麼感受。
流過淚的人會懂得體貼，因為明白每一滴淚水的重量。

不要害怕一試再試、不要先設想了會受傷而裹足不前，總會有個

能夠理解妳所有傷痛的人、總會有個願意耐煩妳所有麻煩的人。而妳只是需要把該走的路都走上一遍、該經歷過的事都經歷一遍，在千山萬水蜿蜒而過了之後，在那條路上就會遇見了他。

原來，他就等在這裡，等著跟妳一起去未來看看，原來兩個人的幸福不會讓妳失去一個人時的快樂。

轉身的勇氣

我知道妳以為自己早就不計較愛情了。

那，我想知道，妳計不計較自己過得好不好？

妳在過三十大關之後認識了男人，從生疏到熟識花了一年的時間，才點頭願意交往。

對於在認識初期不停被妳直接拒絕這件事，交往之後他還是相當在意，總在各種不同場合提起。

他是個很有自信的男人，各方面都優秀、外貌出眾又出身名校，唯獨對自己的工作不滿，而偏偏妳不但工作有成就感，收入還遠高過他。

他嘴上說不在意，卻常三番兩次的提到。

年輕的妳不明白，這是一個男人氣度狹小的表現。

你們在大家都覺得該結婚的年紀結了婚，經營著一段別人看來幸福的婚姻。

妳本來也覺得沒什麼不好，婚姻生活不就是學習磨合、相互忍耐，每對夫妻都是這樣子過來的。

開始感覺不對勁，是因為每次提了自己想做的事都被他否定。

他提出的理由多半是：我太瞭解妳了，依照妳的能力根本做不來。或是，我是為妳好，萬一妳試了卻失敗了怎麼辦。

到後來，妳有種連自己也被他一概否定的感覺，連帶著妳也慢慢失去了自信。

我們常會因為別人對自己的看法，而懷疑起自己，甚至否定自己。

旁人說妳不願意幫忙、不好相處，妳反省自己是不是太過自私。
主管責怪妳沒把工作做好，妳開始擔心自己能力不夠勝任工作。
同事孤立妳故意不往來，妳懷疑自己不會做人、不夠成熟寬容。
更別說，另一半的否定更具有強大的殺傷力，足以摧毀一個人。
有一種人，即使是你朝夕相處的另一半，
卻也日日夜夜耗損著妳。
這樣的人，自己闖不出名堂，就想要藉由打擊妳來建立自信。
他害怕妳一旦明白了自己有多好，就會離開他。
他見不得妳好，就算妳再優秀也不應該強過他。
當然他會說，他是為了妳好，怕妳看不清現實。
因為自己不會飛，就折斷妳的翅膀，把妳留在身邊。
不讓妳發現，妳是屬於天空的，他只能慢慢龜速前進。

一個談戀愛時開開心心的對象，怎麼經歷婚姻卻成了難以溝通的
高牆。
妳掛念曾經很喜歡的他，妳放不下那個認識不深時，讓妳魂不守
舍的他。
妳想人們說得對，愛情的一開始是夢幻的、是盲目的。
而經過了這些年，如今大夢初醒的妳明白了愛情的多種樣貌。

有一種愛情的濃度會在相處過程中慢慢的遞減，就像妳對他。
妳總是在說服自己他會改，事情會變好。然後就讓自己待在原
地，一待就是六年。這六年裡妳總是在遷就，他樂得繼續逃避。

那段時間的妳囚禁了自己，讓人生的選項只剩下「不滿」與「不安」。

妳很快就決定要學著跟不滿共處，畢竟離開一段婚姻的不安，更讓妳難以接受與想像。

但妳忘記了，很多不安都來自於我們的想像，其實那些根本不會發生。

真正的愛情，是讓妳做自己、盡情表現自己，就算因為這樣妳將展翅高飛，他也會願意當妳羽翼下的風。

成就本來就該是兩人一起分享的驕傲，怎麼會變成愛人眼紅的計較？

在我面前的妳，哭成了一灘水，只能掉著淚，說不出一句話。

我不是一定要妳立刻決定些什麼，我只是想要告訴妳。

一輩子的時間太短了，短到不該犧牲自己真正想要的，去滿足他人的要求。並沒有義務讓對方事事滿意，再說，就算妳耗盡全力，他也未必滿意。

世界上沒有誰的快樂是妳的責任，除了妳自己。

而願意為自己轉身的勇氣，也不會是我可以給得起的。

轉念比選擇更重要

致 ——

面對十年的感情走不下去，我們都付出很多，很多事情為了求全大局，選擇放棄我的底線只求在一起~
可到了現在，才發現他的未來藍圖並沒有我，現在的我也不知道怎麼走下去了……

我們每天面對的選擇不少，小自起床牙膏牙刷的品牌大到工作或人生伴侶，都要經過一番掙扎才能做出決定。

無法保證每一次做出的選擇都會是最正確的方向，後悔則是難免會有的情緒，「如果當初做出另一個選擇就好了」「早知道當初就不應該……」

發現自己選擇錯誤時的懊悔，足以讓人輾轉難眠好幾個夜晚。

做了看似不對的選擇，難道人生就此一敗塗地了嗎？

有時候，人生繞的這段遠路，是為了讓你看見不一樣的風景。

是為了讓總是匆忙趕路的我們，知道另一個面向的人生可能。

更何況，選擇的對與錯是以什麼做評斷的標準呢？

當初被找來這家公司洽談跳槽的可能性，你心中有點不安。

習慣在台北東區上班的你，來到這棟華麗卻空盪盪的大樓時，還一陣狐疑，這是什麼樣荒涼的地點。

因為原先工作環境的挫敗，讓你懷疑起自己的能力。

我們習慣為自己的挫敗先找好藉口，你也不例外。

你想離開那個環境，是因為看不慣高位者的工作態度，年輕的你心高氣傲不能忍受，每天擺明混吃等死的人對你指頤氣使。

你沒有辦法對這樣的人服氣，決定一走了之，雖然並不確定自己的選擇對或不對。

我們總以為挫敗是別人造成的，卻沒想到這個挫敗也可能是在提醒自己，你還不夠好，不夠好到可以為所欲為。

但你還是很幸運的，在動念想離職時，就被邀約到新的公司聊聊。

對你來說，那是一個全新的行業、全新的工作環境，還有更多全新的挑戰。

你不知道選擇離開已經上手的行業對或不對，對於要適應這麼多全新的未知有點遲疑。

在面談的過程中，一開始你描繪不出自己將來的工作樣貌，原本想謝絕這份工作邀約，讓自己繼續留在原來的行業裡奮戰。

面談到最後，那家公司的經理還帶你參觀了一下將來可能的工作環境。

這個舉動意外激發了你的好奇與好勝心，你邊參觀著心想：
「天呀～好有趣呀！我居然可以學到這麼多新的東西。」

你接下了這份工作邀約，卻沒想到這一做就是二十年，而且直到今天，這份工作都還讓你天天覺得新鮮、天天都在學習。

這樣的人生收穫，只是因為那短短幾分鐘之內的那個轉念。

不只是人生的選擇可以靠轉念獲得正向支持，感情也是如此。

我們時常感嘆遇見對的人很難，卻沒想過有時候問題就出在自己身上。

這世界上不會有個完全符合妳標準的情人，兩個人之間總會有需要磨合的地方。當妳在挑剔他不對、不夠好，那樣日積月累的負面情緒，只會讓妳越來越看不見他的好。

遇見了一個人，妳覺得好像還不錯，但如果可以去掉那三、四個

小缺點就好了，於是妳毅然決然說再見。下一個人出現了，妳正滿意地想打分數時，他也可能立刻在妳面前亂丟襪子。

不是因為他是最對的那個人，是因為妳轉念了，才讓他變成那個對的人。
妳受不了髒亂，他盡力配合妳卻總是不滿意。但，別忘了懶得下廚的妳，多少個只想窩在家的夜裡，是他揮汗如雨煮出一桌佳餚。

那些傳頌千古的偉大愛情需要的是重重阻礙、義無反顧地愛上，平淡無奇的生活正是殺死他們愛情的兇手。
羅蜜歐與茱麗葉若不是被百般阻撓，在那樣十三、四歲的年紀，光是喜歡的女生長髮削短就足以成為移情別戀的理由了，怎麼會激發出生死與共的情感。
梁山伯若不是吐了那幾口血，眼看著生離死別就逼在眼前，十五歲的祝英台也不會哭裂了新墳，兩人還化作羽蝶從此雙宿雙飛。
這些淒美的愛情都是因為有強大的阻力，才讓他們蹦發出非要彼此不可的狂熱情感。

兩個人在一起生活後，關於你們之間的愛情最大的阻力，是來自日常瑣事的耗損。
每當妳叫男人拖地，他回等一下時，每每都讓妳懷疑自己對他的愛還殘存多少。然後，妳會覺得委屈，難道他不知道為了維繫這段關係，自己做了多少讓步、付出了多少努力嗎？
越來越委屈的妳內心的小劇場一發不可收拾。

你以為我會一直都在嗎？

我是可以走的，但我一直在忍耐，你卻不知道感恩，總是得寸進尺。

時時刻刻以為自己委屈，對於改善或維繫兩個人的關係並沒有多大的幫助。

讓自己轉念、換個角度，找出對方的優點，不要一直放大缺點才是兩個人可以繼續相處下去的原因。

真的那麼愛乾淨，看不慣拖拉就自己做家事吧。環境乾淨，讓心情舒暢才是最重要的事，是誰做了這件事就不是重點。接受了這個事實，心態就會平和，自然也不會感到委屈。

每個人都有自己的委屈無處說，妳不是唯一覺得不平衡的人，但，抱著委屈度日，並不能換來幸福人生。

覺得苦、覺得委屈是不肯放過自己，覺得不被重視、沒有人懂妳。不要過度期待別人可以完全解讀我們的情緒，很多時候，連自己也無法真正完全瞭解內心的情緒。

可是，妳可以讓自己的不平衡、無處宣洩的委屈，靠一個簡單的轉念就消失無蹤。

不需要靠別人就能夠得到的好心情，來自於自己的轉念，還有什麼快樂比這個更能簡單做到的？

不是因為他是最對的那個人，是因為妳轉念了，才讓他變成那個對的人。

詩。
寫給自己的秘密 ——

拆解文字符號，
只想知道心中藏著誰。

努力多久 —— 才可以喊累

十

重要的人比自尊重要
對不起是該說的 即使錯不在你

可以攜手的日常 那才是幸福

一段感情結束後 放手 是應該的學會

強求不會留下 是你的推不開

要相信自己幸福的可能
相信他說的 妳的難過與眼淚是因為
不是我

看懂當初的傻
卻　想在複雜世界保有單純

驕傲自己的一身傷疤
終於在死去活來後　變成我

別人眼中的成功　是想要的嗎

不一昧朝同一個方向前進
雖然眼前全黑　因為光亮在後

不必覺得自己無極限
不必愚蠢地證明自己的好
不必認為有人可以扮演上帝
不必完成所有人的要求

上帝並不會答應所有人的要求

不
如
不
見

我想念那個
在你面前明目張膽　耍賴的自己

我想念你邊親著我　邊微笑的神情
還有
捉弄我後　孩子般的大笑

最讓我想念的是
能有個
可以一轉身就抱住
不害羞的說出　我愛你　的那個人

當我的心碎　你信手拈來當成就
不顧我撕心裂肺地哭求
你淡淡的說
希望以後還能是朋友
原地動彈不得的我　想著是不是哪裡搞錯

曾經那樣不知分寸被寵愛過
誰要答應你分手後　還是朋友

你只能是戀人
無法做朋友

我們往後
不如不見

不輕易許諾

妳擔心今天散了　明天朋友就淡了

我笑了　嘴角是滄桑的諷刺
不必擔心呀　我說
淡是一定會淡的

妳的眼神暗了下來
意氣風發的青春
隨著眼淚
灑落一地

孩子呀　現在的妳還這樣不捨
當時間沖淡了情感
當世故取代了憂傷
誰知道　會不會第一個變了的就是妳

走到了路口　離別是必然的未來
再見說得用力些
淚眼掉得暢快些

以後
就算再想念也別頻頻回頭

我們都得往想飛的方向去
為了再相遇的那天　能微笑著
在見不到面的日子　讓自己變得更好
無法相聚的歲月　仍然要閃閃發光
就算　沒有機會再遇到
也知道
你一定會很好

越多情的人往往越善變
越重情的人越容易遺忘

而
那不輕易許諾的
才是最在意的人

努力多久才可以喊累——不輕易許諾

在你之後

在你之前
我以為愛情不過是　一段段　你情我願的辜負
每一條一起走過的路　都是　義無反顧的蹉跎
你散盡我的青春　我徒勞了你的年華

在你之前
我不懂天荒地老的渴求　不懂為求共眠的甘心
只盼一夜白髮

有你的日子　晴天雨天都是好天
直到
你執意斑駁了愛情
我學會了不再打擾

曾經的灑脫成為別人口中的笑柄
這才懂了　失去一個人　能劃下多深的傷疤

在你之後
愛情只是聽說
我總在聽說
直到
再也沒人聽我說

在你之後
堅強是我避無可避的宿命
若不堅強
也沒人心疼我的逞強

我不遺憾再也不能愛誰
我只遺憾再也不能愛你

我
說
好

我說好
他快樂地哭了

眼淚落在零下三度的雪地
一下就不見

那就在一起一輩子吧
他點點頭
漲紅著臉　額頭冒著汗
孩子一樣滿足地笑拉出　一道橋
我踮起腳尖想看清楚
它會帶著我們去到　什麼地方

一輩子很長呀
我擔心了起來

他厚厚暖暖的手牽起我
說

不怕不怕我們慢慢走

只要有妳一起
我只怕一輩子太短

雨不停

知道你心中總是雨天
告訴自己那就等

以為
總有一天會等到雨停

但
你的淚總不停
為你撐的傘總收不了
我不累呀
不覺累

終於
等到了這麼一天

你卻是
為她放晴

而我的雨從此再也不停

努力多久才可以喊累——雨不停

後
來

後來 我們再也沒遇上
傷心拒絕散場
只在我一人電影院裡
慢動作重複播放

那時的我放任心碎走板荒腔
以為在這場肆虐中 可以 毫髮無傷

後來的我 有一天被他遇上
傷心終於捨得放
忍了好久的淚
全交到他的掌心上

圓了又缺的不只是月亮
碎過的心才能從縫隙 透出光芒
快樂也能再次出場

該做的
只是給過去一個原諒

後來 聽說你又回到老地方
跟朋友說著沒我的世界 有多荒涼
而我 卻早想不起

老地方 是在什麼地方

剛
剛
好

剛剛好在我想要個天荒地老時
你開口道了別

我退到剛剛好夠遠之外
仔細修補自己

你溫柔提醒
要我記得好好照顧自己
用那剛剛好迷人的語氣

我
在剛剛好安全的地方
對你用力點頭 微笑

我剛剛好懂事
你剛剛好絕情
我們之間 再也 沒有我們

回到了各自的自己
剛剛好 沒了你的我
剛剛好 留下我的你

剛剛好的距離
你應該看不見我的淚
你留下剛剛好的體溫
應該
足夠陪我渡過 沒了你的 漫漫冬夜

你拙劣的謊言
剛剛好讓我存夠狠心離開
你剛剛好決定放開我們
趁我要的那個
天荒地老還不可能實現之前

我可以
把自己照顧成
不再有你的剛剛好模樣

你轉身後
我就算哭得再大聲
都剛剛好

不會被你聽見

哪怕別人再辜負

你總是安慰自己
相忍　是為了和氣好
但
和氣　它知道你是誰嗎

他們總是說
我是為你好
簡單一句話
一口氣
五個字
就強迫你做出為難的決定

這是大人世界裡的詐騙

我們一生會遇到許多事
有時候　會讓我們渺小
有時候　會讓我們強大
但　你必須選擇強大
在疼痛的過程裡　慢慢認識自己

經歷這些你會變成
真正成熟世故的人
看懂所有算計　卻不算計任何人

與其等世界變好　不如先搞好自己
哪怕別人再辜負　你總要成全自己

旅行的意義

旅行的意義不在於
趕著去哪些景點
拍了多少美照
吃進多少美食

旅行的意義在於
終於可以好好陪著對方
一起面對眼前的難題
一邊吵架是絕對
一邊想辦法是必要
看向同一處風景 記住同樣的感動

一起走過雪地 一起在沙灘高高跳起
把腳印踏遍世界各樣 頹圮 繁華
才甘心回到生活
在平淡中相處
相愛的很重複

就算過了好久
他一再說起旅行時的爛笑話
妳還是笑得出來

在好幾年之後　妳偶爾還是會想要問他
記不記得
瑞士那碗貴死人的餛飩湯
雨晴海岸　結冰的路上一起追車到快斷氣

他漫不經心地回
記得呀
還說出所有細節
原來跟妳有關的事
不論多麼微不足道
記性不好的他　居然都記得

原來
旅行的意義不只是曾去過多少地方
更是
在翻山越嶺之後　明白自己歸去的方向
看盡千山萬水後
依然有個渴望回去的家

他暖好了妳的心　讓妳放心結束流浪
你們要一起好好生活
也繼續一起好好旅行

第一個月台

總以為幸福不該來得這麼快
總以為幸福應該要充滿波折
當我走過了無數個十字路口
在無數的紅綠燈前躊躇

走累了一趟趟遠路
只想回到你身邊

才明白　這些年
繞的路
轉的彎
都只是為了要再回到這裡

我停靠了一個又一個月台尋找幸福
卻
沒發現早把幸福落在了
年輕時急著離開的那

第一個月台

單 擔

/

心 心

一樣晴朗的藍天
曬到發疼
習慣聽見你的笑話
搶在第一個大笑
只是
空氣中的熟悉　卻已褪成了陌生

秋天又來了
你卻走了
你走得那麼遠　遠到連背影都不見
我想得那麼累　累到眼淚沒有句點

沒了空氣
呼吸怎麼辦
沒了陽光
天空怎麼藍
沒了水
花怎麼開
沒了你
我的愛過了期

眼淚把髒東西　壞東西帶走
淚乾了　剩下的是什麼樣的以後
乾淨
美好

卻沒了你

你不再擔心　我擔心著你的心
我的擔心只剩下　單心
只剩自己的　這顆心
擔心著
你不再擔心我　跟我的擔心

努力多久才可以喊累——單心 擔心

愛不起的溫度

如果這就是再見
那些還沒說的話 該藏哪裡好

行李帶走了你
只留下毛衣在角落 奄奄一息
沒了你的空氣在身邊 不斷堆積
呼吸變成日子裡的 最無意義
就算我能忘記呼吸
也 無法忘記你

我以為失去你的痛 表現得不明顯
我以為抹去眼淚 傷心就會變勇敢

你想走了吧
你早走了吧

如果沒有你就是生活 我總會過得下去
思念再多也不需要讓你知道

別再試探我的孤獨
——那是你愛不起的溫度

幫妳準備好的公平

把一個人的生活過好
是從杜絕
所有會讓自己害怕的東西開始

團購　不缺席
門口　裝感應燈
睡前再三檢查大門　是否上鎖

安全感只能自己給　妳一直這樣相信
相信自己可以就這樣
把日子好好過下去

但　有天
有這麼一個人突然靜靜悄悄來到了身邊
像是什麼也沒特地為妳做
卻又什麼都幫妳做好了

開不了口的心事
他問起時
連一個字都來不及說　眼淚就先幫妳說

這才發現
原來他在妳心裡埋下不小的重量
妳的淚
只在他面前 狂妄亂掉

這才相信
真的會有這麼一個人
他的出現
讓妳忘記
世界對妳的不公平
讓妳原諒
世界所有的為難

那些苦
那些淚
那些過不去的過去
他替世界還給了妳

他就是世界替妳準備好的公平

還你那紙幸福地圖

以為可以忘了
卻
總是記得太牢

你手心的暖度
你嘴角笑起來時的弧度
還有
那不知進退的寵壞
你的愛讓我變得太過驕傲

放手
讓你去找真正的幸福
原來
你的未來沒有我
突然　一清二楚

放手
還你的幸福那紙自由地圖
原來
沒了我
你　才會幸福

你離開的背影在我眼中
只看見義無反顧
多我這一片 也拼湊不出想要的幸福
恍然大悟

你不要的愛再付出
都只是無聊的辜負
存夠勇氣
踏出離開那一步

握緊自己掌心的痛 送出最好的祝福
不是一輩子 就只能有一陣子的溫度
放手
讓自己回到一個人的荒蕪
好過
在你的世界裡 可有可無

努力多久才可以喊累──還你那紙幸福的地圖

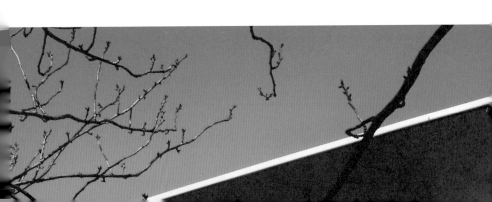

輯四。
成為同事 ————

在下一次的相遇裡，
成為各自生命中的不可替代。

不是每個人都值得當「朋友」

「『忍氣吞聲』是不是成為大人的入門學分？」
妳疑惑的問我。

妳在公司遭受黑函攻擊，捅妳一刀的幕後主使者，竟然是每每見面就會親熱地拉住妳噓寒問暖的客戶。妳不敢置信。
向來開朗的妳總是閃亮亮的雙眼，此刻被一層失望的薄霧蓋住了光彩，妳勉強擠出了一個笑容卻比哭還要難看。

妳是個熱情又熱心的傢伙，遇見每個人都把他們當朋友，當朋友有任何事需要幫忙，妳總是第一個挺身而出，不光是出一張嘴，出力永遠比所有人還要多。卻沒有想過朋友會擺妳一道，這樣失望的情緒簡直比失戀還要傷人。
向來樂觀天真的妳有點動搖，不確定是不是還要再相信人心。

主管要妳成熟一點，用以往的態度與客戶相處，繼續維持表面上的和平，不可以翻臉、更不能公開抱怨或找她對質。
「妳也是時候該長大了。」他最後丟下這句話，單方面結束這場對話。

妳垂頭喪氣來找我，說長大真可怕，不想當個有心機的大人。
我不是很確定忍氣吞聲是不是成為大人的入門學分？但，我確定的是比起忍氣吞聲，妳更該先清楚明白地知道：
不是每個人都值得「朋友」這個稱號，有些人就是不配。

每個人對於朋友的定義皆不相同，妳的挖心掏肺她收下了，心裡張羅著卻是日後怎麼利用的算計。等待著對她自己最有利的那一回，張牙舞爪把妳的一片真心吃乾抹淨。

無法弄懂的是，她一點都不介意妳知情，她總有辦法裝出一張笑臉再去找妳，然後用力地擁抱妳並甜膩的說：「好久不見，怎麼都不來找我。」

看著怎麼樣都無法釋懷的妳，我還是忍不住要說一個殘忍的事實——

有些人之所以能達到今日的成就，就是因為他從來不關心別人的死活。

在他的觀念裡，只要是利己的，就是對的事、就是該做的事。

他不會遲疑，不管對象是誰，只要能夠更上一層樓，便會奮力直踩你的頭頂往上爬。他不會心軟的，就像貪婪的吸血鬼，在短暫的虛情假意之後，馬上吸乾對他有利的部分。

至少妳是幸運的，在這一堂課裡，學會了「朋友」的真義。

真正的朋友不管認識的時間是長是短，會留下的，就不會因為任何藉口而消失。

就算忙碌的生活節奏打亂了妳們原本相同的頻率，變得不常聯絡。但，她總會在妳不是那麼好的時候出現，那是一種連她自己也不明白的默契，一定會問妳一聲：「好不好？」

她總是第一個知道、而且發現妳不是那麼好的朋友。這樣的朋友不必多說，一句就懂妳，對妳無所求，只希望妳一切都好。

那些妳自己也受不了、改不掉的個性與習慣，像是——
不喜歡裝熟更學不會裝熟、見到討厭的人擠不出笑臉。
看不慣的事就忍不住強出頭，無視對方怒氣沖天的眼神。
總有些莫名其妙的堅持改不掉，下雨天怕麻煩不撐傘、想戀愛怕
受傷不敢愛、怕別人為難總不求救。

是朋友，才不會勉強妳改，因為早就知道妳根本改不了。
是朋友，才會用妳最喜歡的速度伴著妳慢慢長大。

妳聽著聽著，好看的雙眸又開始恢復閃亮亮的光芒。
接著卻又難過地說，很可能一輩子都學不會大家期待的大人模
樣，因為自己太笨了。
這讓我想起日劇《只想住在吉祥寺嗎？》裡的一句話：
沒錯妳就是笨。
但，除了笨以外妳沒有做錯什麼

我們笨笨地不想改掉天真的眼神，繼續在這會吃人的大人世界
裡，以一貫熱情來面對一切。
妳可以笨、可以天真、繼續用熱情擁抱朋友，前提是這些人必須
值得被這樣對待。

妳必須還要學會另一門課題——
要求面面俱到，只會讓自己精疲力竭。
總是顧及別人的需求、他人的情緒，全天下的人都開心了，卻把
自己累死了。

最後才發現，終究還是無法做到面面俱到。

年紀越大，越明白時間不值得浪費在錯的人身上，情緒不值得為錯的人起伏。
年輕時還不懂，以為那樣的起伏，就是真正的情感，所以甘願被折磨，好像甩了巴掌、搖著肩膀，才感覺被愛。
年紀小的時候，以為朋友就是要事事配合，做什麼事都要膩在一起；家人所有的不合理都必須視為合理。
現在的你比較懂了，一些看似簡單卻很難明白的道理。

人生太短，短到不該浪費在散發負能量的人身上；
人生也很長，長到該多留點時間讓自己快樂。

更重要的是，當你覺得跟誰在一起最開心自在，就該多花時間跟誰在一起。

真正的朋友不管認識的時間是長是短，
會留下的，就不會因為任何藉口而消失。

心機，有時只是保護的手段

進入職場好些年，一直以為自己早已看盡所有手段，卻在屢屢敗陣下來的交手過程中目瞪口呆，每一回都刷新了你的視野。

一開始，你對耍心機這樣的事深惡痛絕，後來才搞懂大人世界裡的「心機學」，**要不就學著看清，不然就得試著看破。**
於是，你開始在過程中看清別人的推演脈絡，以及步步驚心的佈局考量。越是深入研究明目張膽的心機，慢慢看懂了之後，反而深覺佩服。
畢竟，要掌握所有可能的變數，並佈局在幾十步之後、眼光要放到多遠，對你來說，這些都不是容易辦到的事。
而且，在一開始佈局之際，最難的是忍耐。

每個人都是主觀自私的，看事情的立場當然都先以利己出發。
因此，很難不被情緒帶著走，往往只想一股腦地衝，把眼前惱火的狀況處理掉，出了當下的那一口氣。
雖然明知道這樣衝動行事，也不會改善日後的情況，就是難以嚥下那一口不平之氣。韓信的胯下之辱、句踐的臥薪嘗膽，都是歷史的見證，但對我們來說，要做到也太強人所難。

有心機不是壞事，會耍心機的也不代表就是壞人。
我們無法用簡單的二分法去界定一個人，很多時候，懂得一點心機是為了要保護自己。
真正的心機高手甚至可以擺明告訴你，他心中的盤算的是什麼，而你還是拿他沒辦法。說是心機，其實也就是看懂人情世故的進退得宜罷了。

埋頭努力當然很重要，但，看懂佈局也是職場生活的重要技能。

你前兩天跟一位高手學到了一堂課。

最近公司兩組人馬為了一個企劃案爭得天昏地暗，最後，A主管在部門提案大會上敗陣下來，而他的部屬不甘心，還想盡辦法打壓被授意去執行企劃案的B同事。

平靜了幾天後，A主管在某次B同事又被自己的部屬為難之際，當著所有同事的面出聲阻止。

「這場比賽是我們輸了，你要尊重這個結果，放手讓他好好去做。」

A主管大器、且不玩明爭暗鬥的磊落，加上擺明自己只參與有風度的競爭，讓在場所有人都心服口服，覺得他實在太有大主管的風範。

你聽說了，B同事的主管C與A主管在事情過後，有過這一段談話：

「你圖的是什麼我不是看不懂，你希望他失敗就可以累積我的負分，把我徹底拉下這個位置，你好取而代之。」

聽到主管C這樣說，A主管笑了，他搖了搖頭說：

「我圖的不只是你的位置。」

他帶著一抹微笑看著主管C，像是看一個小孩，一個根本不是自己對手的孩子。

「如果他成功了，我就是那個曾經助他一臂之力的人，不管將來如何，他都會感謝我，公司同事也會覺得我很大器。」

如果他失敗了，那也會是你的問題，因為他是你執意找來的人選，所有他犯下的錯，都會變成是你的錯。

你雖然沒有真正做錯什麼，但是你看錯了人。

這是身為一個主管最不能被原諒的失誤，因為這樣的失誤，你在公司的地位將會一落千丈。

到時候，我不只順理成章接收這個企劃案，我的成就還會凌駕在你之上。」

主管Ｃ聽著他的坦白，目瞪口呆。

「我只是做了一件對我來說百利無一害的事。」

Ａ主管微笑著補充了最後一句話。

他賺得光明磊落的美名，還盤算了一場完美的佈局。

你覺得這樣的人很可怕，不該接近嗎？

這樣的人有一股讓旁人難以親近的傲氣，對自己行事效率很有把握，不浪費時間在人際交往上，每一段職場上的交情都是利害關係的交纏。

他不在職場交朋友，只交成績單。

這樣恃才傲物的人對自己要求相對也高，他心高氣傲、有自己的行事原則，暗地抹黑陷害別人的事，他可是不屑做的。

他自有做人做事的潔癖，要得到他想要的地位與結果，只憑自己的實力以及未雨綢繆的能力。

相較於這樣不好親近的人，我們更常遇到初識時溫和謙讓的人。

他們看似隨和、好相處，卻在合作一段時間後，發現他們會為了自身利益，隨時改變立場、改變自身原則。為了討好對他有益的人，什麼事都做得出來，包括亂扣帽子、讓別人揹黑鍋、無的放矢、亂放暗箭。

只要對自己有利，做起這些事來毫不心軟。
只要不害到自己，行事沒有恥度更無極限。

難以親近與溫和謙讓都只是外在的包裝，差別在於，你是否能夠看得清楚，誰才是你必須防範的對象。

有心機不是壞事，會耍心機的也不代表就是壞人。

主管都討人厭嗎？

職場上的苦水太多，只要聊到與主管相關的話題，每個人肯定都可以說上三天三夜不停歇。

進入職場的這幾年，你肯定留下了一些曾經，就像這些年也同樣留下了一些感情刻劃的傷疤。

在你兢兢業業、認真打拼的時候，偏偏遇見慣老闆；當你還搞不清人生的方向，整天渾渾噩噩，卻反而遇見慣壞你的老闆。

遇過的主管好好壞壞，有那種讓人無法服氣的主管，他的成功在你眼裡不過是因為長袖善舞、善於交際，根本沒有一點實力。

當然也有只想獨善其身，部屬最好都不要來麻煩他的主管。

還有一種在大家抱怨時最常被提起的──
氣場強大、總給人莫名壓力的主管。

說話毫不留情，總是在眾人面前直接指出你的問題；合作不到半年，就覺得身心靈全被掏空。你老是在被檢討中度過，文件怎麼改他都找得出錯誤，你覺得自己好像被他討厭了。

如果有一天沒有被責罵，並不會有什麼成就感，反而只覺得不過是僥倖。

你整天繃緊神經，在那短短的三年裡，每天處在高壓環境，卻也讓你成長不少。

現在的你也開始帶人，當部屬出錯忍不住要發脾氣時，總會想起那位主管。

職場菜鳥就是毫無經驗的物種，在弱肉強食的辦公室戰場，誰還願意多花時間去教導一個跟自己素昧平生、更不知道會堅持在這個崗位多久的人？

那位主管也許不好相處，但他願意教。

雖然是以不夠親切，甚至冷漠、公事公辦的態度，但他不會用言語霸凌，讓你覺得自己一文不值。

他肯教，只要願意便可以學到很多；他嚴屬，也練就了你工作不馬虎的態度。這樣的主管同時也公私分明，你不必刻意討好，只要把事情做好，他不想跟你有任何私交。

真正踐踏別人尊嚴的，是那種以親切的姿態接近，卻公私不分地總要部屬幫忙跑腿、處理私事的主管。

整天忙著討好他，只求升遷的機會，不僅侮辱自己，也糟蹋了你曾經受教的專業。

沒有意外的話，一般人都要貢獻出三、四十年的歲月，才能累積到一筆足以安心的退休金。而且不分行業，總逃不過部屬與主管的關係。

但，主管都是討人厭的嗎？

還是他們有必須這麼討人厭的原因呢？

遇見壞主管除了辭職之外，我們還能怎麼辦呢？

很多看起來光鮮亮麗的主管，只是沒有把自己的委屈與壓力一天到晚掛在嘴邊，你便以為他的成功只是僥倖、以為他靠著好運得來一切容易，卻不明白他之前肝腦塗地的努力。

不得不承認的是，**很多人是在當了主管之後，才開始學著當主管的。**

他也不知道該怎麼拿捏跟部屬之間的關係，雖然說「帶人要帶心」，但又擔心太過親密，反而會讓部屬模糊了彼此之間該有的界線。

當關係太親密，部屬會輕易合理化自己的錯誤行為。更糟的是，被責備時他根本不在乎。一旦發生失誤也無法理性的討論，反而會造成負面情緒蔓延，究責的方向變成對人不對事。

懂得怎麼罵人才是好主管，要罵就要針對事情責罵、不涉及人身攻擊。如此一來，部屬才不會心生反感，更能從錯誤中學習，並且壯大。責怪要罵到重點、更要罵入心，讓所有的人都能從錯誤中學到經驗與教訓。

再細心、再小心翼翼都可能會出錯。當錯誤已經發生，後續面對的態度、處理的方式才是最重要的。

每次犯錯都勇於道歉的人，其實最狡猾，以為先低了頭，別人就不會怪罪。

總是搶著認錯也許有責任感，但不去找出錯誤並且改正，就難以避免下次再錯。每次都盡了全力卻還是犯錯，代表這份工作已超過能力所及，無法勝任這個位置。總是掛在口頭上說「我會努力」，聽久了就成了敷衍。

最應該的是找出讓你工作費力的原因，並且想辦法解決。

否則，**一個工作讓你做起來很吃力，其實代表你沒那個實力。**

什麼樣的主管是壞嘴的善心提點，什麼樣的主管又是存心的糟蹋刁難，並不是從誰願意當你的朋友來評斷的。

「不管白貓黑貓，能夠抓到耗子的貓，就是好貓」這句話拿來定義主管也是一樣的。

這個世界上，沒有所謂的好主管、爛主管，只有能不能達標、能不能帶出另一隻抓得到耗子的貓的主管。
能達標、能後繼有人讓自己不過度勞累操煩、懂得分配工作、下放權力，就是好主管。

每次犯錯都勇於道歉的人,其實最狡猾,
以為先低了頭,別人就不會怪罪。

丟掉名片，還剩下什麼？

當我們年紀還小時，每個人都很擅長生活。

每天想的、念的都是可以讓自己快樂的事，關心的重點都是要吃什麼、要玩什麼、如何讓每一天都過得開心。

逐漸長大的過程中，生活重心開始轉移。

我們關心的焦點被迫改變，也慢慢變得不再那麼容易快樂。

時時刻刻都在跟別人比較，小時候比成績、長大以後比業績。

努力想讓自己做個重要的人，好像成為一個舉足輕重的角色，是人生唯一應該努力的目標。

後來，我們的努力有了一點點的成就，真的變成了一個好像蠻重要的人。

不必聲嘶力竭地大吼，講的話也能好好地被聽見了。

總是被交付重要的事，因為老闆說你辦事他才能夠放心。

總是以為自己太重要，當然就不能太放鬆，一旦放鬆就代表可能會出錯。

你越來越放不下工作，卻越來越放掉了自己。

你越來越晚下班，直到睡前，腦海裡都還想著工作。

每天都活得好像很重要，但怎麼卻越來越難開心起來了呢？

你有沒有想過，這些不開心都是自己造成的？

你錯把自己看得太重要，錯把超時工作當作認真，忘了生活才是你最該認真對待的目標。

下了班就該把時間留給自己，忙碌並不代表認真，在該認真的時間裡做好該做的事才是負責任的大人。

該下班就讓自己真正地下班，別以為你只需要為工作負責任，你最該負責的是自己的人生。

成就感不是只能從工作取得，生活過得愜意舒適，把自己照顧好也是成就。

努力工作固然是為了過上安穩的生活，但是，一直把心思留給工作就無法好好過自己的生活。不要把自己想得太重要，那只會越放不下，直到生活逐漸被工作整個綁架。

有些人被工作綁架還心甘情願雙手奉上全部時間，不僅賠上自己，還犧牲周遭的家人朋友。有時，一不小心把工作的挫敗帶進生活，一旦負面情緒無法健康地宣洩，就會牽連旁人、毀掉生活。

最簡單讓自己開心起來的辦法，就是從把自己想得不那麼重要開始——公司沒了你不會倒，同事沒你壓力才會小。

但你說，你還是不敢準時下班。

不敢準時下班是因為擔心別人怎麼看自己、擔心主管以為自己不重要、更擔心主管認為自己不夠認真。

你的煩惱來自於害怕，害怕自己在別人眼中的樣子不夠好。

你的煩惱來自於期待，期待聽到讚美、期待別人會喜歡你。

我們一路走到現在，始終問心無愧地努力著，所做的一切都是為了對得起自己。

而不是為了符合別人的期待，成為別人希望的樣子。

面對不同關係時，我們自然會呈現不同樣貌，你無法只用一種樣貌去面對所有人，去滿足他們對你完全不同的期待。

沒有人可以決定你會是什麼樣子，你也不應該讓別人決定自己的樣子。

為了讓別人快樂而成為對方喜歡的樣子，為了討好別人而拼命偽裝自己，卻讓自己感到陌生，越來越認不得那個人是誰。

我們所做的任何努力，都是想要成為更好的自己，可以理直氣壯的大聲說出喜歡。

真正重視你的主管會知道你的重要性，天天加班的員工也許比較任勞任怨，但絕對不代表比較有能力。

天天加班，代表份內的工作無法在時間內完成，然而，把工作做好才應該是要負起的責任。

「做了」跟「做好」是兩件事，「知道」跟真正能夠「做到」也是兩件事。

就像你知道不該天天加班，要適時拒絕主管不合理的要求，但你就是做不到。

他們之所以天天逼你加班，是因為你好使喚、從來不懂得拒絕。

工作就真的只是一份工作，工作的成就不代表你這個人。

公司發的薪水買下的是你上班的時間，剩下的就是你人生最該擁有的美好時光。

人生本來就不應該只有工作，還有夢想、嗜好、家人、朋友跟伴侶，這些是你更應該去浪費時間、去消耗體力的選項。這些才能為生活品質加分，心境也更能隨心所欲。

丟掉名片，你還剩下什麼？

丟掉名片後還剩下的，才能代表你這個人。

不要讓名片的重量、附帶的虛榮左右了生活，好好地過生活、活得像自己，就是這一生最大的成就。

工作就真的只是一份工作，工作的成就不代表你這個人。

自己的安全感自己給

很多時候是這樣子的，我們無力改變些什麼，尤其是改變一個人，一個不知分寸的人。

「這樣會不會太麻煩你？」
在聽到他虛情假意地追問你這句話時，
最後一根的理智線終於斷裂。
你不可置信地回過頭，看著這個不分晝夜強行以長官之姿，逼迫你替他完成數百件私事的人，那虛偽的面孔正以溫暖的笑容包藏著最醜陋的心。
你也看見了環繞在四周，其他部門同事眼中對你的羨慕。
「多善體人意的長官呀～居然還擔心會太麻煩部屬。」你輕易讀懂他們的心思。

你是相信人性本善的，但在那一刻，
你卻不得不相信絕對邪惡的存在。
人性絕非本善，我們多希望倒楣的都是別人。
人性並非本善，是大部分的人都選擇了善良。

這些人選擇了以自己的小聰明佔盡便宜、絕不吃虧。
在他的認知裡，佔得了便宜就是自己人緣好，是自己夠重要別人才會無法拒絕。
他就是一個不肯吃虧的人，
而且只吃定所有因為心軟而幫助他的人。

面對不合理的要求時，之所以沒有辦法在第一個時間拒絕，不是因為軟弱，而是不忍心讓對方失望，更擔心傷害彼此之間的關係。

一開始，你當然很驚訝自己素來尊重的對象，會提出這些種種荒謬的要求。但你說服自己，每個人總會有不方便的時候，而你只是舉手之勞。**萬萬沒想到這樣給他方便，後來就被他當成了隨隨便便。**

他越來越隨便，大事小事都對你開口。
你一步步往後退、一次次的答應與接受。
他一點也不擔心你會討厭他，他認定你的幫忙是理所當然，可以理直氣壯地表達自己的無禮要求。
起初你以為是自己能力夠強，才會被要求去處理這些大事小事。
可一次又一次後，你發現他只是需要一個什麼瑣事都願意做的人。
當時你還沒存好足夠的自信，為了坐穩目前的地位，你錯把被利用當作是被需要。這被需要的錯覺帶來了成就感，也帶來了「自己在公司還算重要」的安全感。

在職場打滾了這些年，也慢慢搞懂了，一個真正重要的人不必靠**別人的認可，來蓋章認定自己有多被需要。**

成就感是靠自己拼出來的，是一次又一次戰勝遭受的挫敗後贏來的。

是找出方法能在最短時間做到最高效率，是在該承擔的時候不退縮、不推卸責任，因為這些堅持才得到了成就感。

因為無法拒絕，導致在你們之間儼然形成一種綁架，他對你的依賴，正因為你好說話、好差遣，從不說NO。

其實，只要願意狠下心，勇於拒絕，就可以脫離。他自然有辦法找到下一個替代者，你們兩人之間沒有誰是不可或缺。

在經歷了他的情緒勒索之後，你立下了未來的工作準則：
要做到被人極度需要，但別把自己想得太重要。
否則永遠被責任感綁架，只會被無止盡地消耗。

人生的很多時刻，你可能會像現在一樣茫然，甚至比現在更加無助。你必須鼓起最大的狠心，才能換回一個合理的對待，更難的是，這件事沒有人幫得了你。

你覺得自己找不到一個心安理得的位置，總是在見不到邊際的人海中浮沈。

你必須明白一件事，人生本來就是一條無法回頭的路，必須一個人獨自行走，沿途有人作伴是幸運，但大多時候的多數人，都是孤伶伶走了大半的旅程。

你最能依靠的人始終只有自己。
想要如何被對待、安放在什麼樣的位置，都要靠你自己去爭取，別人替你不得。

那些曾經以為的依靠不管是頭銜或是高薪，都可能在一夕之間崩塌。曾經以為安逸的現在會是永遠的存在，可意外總是不打招呼便不請自來。

在經歷過人生那些避不掉的狂風暴雨、一度像是要沉溺卻又活了過來之後，才會明白要能夠不慌不忙地面對困境，是因為心中有足夠的把握，而那個把握是來自對自己的信任、對自己的依賴。

尋尋覓覓了這麼久，在經歷過這麼多事情之後你才終於搞清楚，對自己的依賴與信任就是最大的安全感來源。

世事多變化，終究還是靠自己最實在。

一個真正重要的人不必靠別人的認可，來蓋章認定自己有多被需要。

佔人便宜是要還的

人際往來之間，難免會有看不順眼、討厭的對象出現。

你之所以會討厭一個人，除了單純地看他言行不順眼之外，有時候是因為你擔心自己會變成那樣的人，才會特別討厭。
天天看著他的醜陋言行舉止，一邊提心吊膽、也一邊暗暗提醒自己，千萬不要變成那樣的人。

有一種人你特別討厭，想盡辦法佔別人便宜，但手法往往粗糙、毫不掩飾內心的極度貪婪，而且一眼就被你看穿。
這樣的人不覺得自己有什麼問題，他認為可以成功佔到便宜，正因為他夠聰明，善用捷徑達成目標，又懂得巧立名目、想方設法找漏洞鑽。
這種巧言令色的人擅長合理化自己的所有行為，他覺得別人辦不到是因為太笨，唯有他洞燭先機。
卻不明白別人「有所為，有所不為」的堅持，不該做的事不管合不合法、合不合理，就是不該做。

他總是沾沾自喜用那小小聰明贏得的小小勝利，食髓知味、一犯再犯。
但，出來混，遲早是要還的，佔到的便宜無法開心一輩子，只是當時的他不會知道。
靠佔便宜得來的勝利，轉眼敗落。
靠小聰明混到的成就，不堪一擊。
我們這一生很短，短到不該總是花心思在如何佔人便宜。
我們這一生也夠長，小小聰明佔來的便宜又能得意多久？

職場老鳥用權威霸凌菜鳥，把自己的工作推得一乾二淨，以為這算盤打得精，每天樂得輕鬆薪水照領，卻在變動時最容易被替代。

菜鳥接收你的工作也磨練了展翅的能力、累積出豐厚的羽翼，佔得了一時的便宜，卻給出了主管淘汰你的動機。

一天到晚只想靠朋友的資源與人脈成就自己，就算朋友心甘情願被當成墊腳石，這些人脈與資源也只會願意被利用一次、賣朋友一次面子，並不見得可以被頻繁出借。

人脈靠的是經營，資源也是經年累月得來的，半路殺出就想接手一切好處，不要以為每個人都會願意配合。人生沒有白走的路，可以達到足以被利用的層級，是付出了多少努力的曾經，不是虛晃一招便可以輕易替代的。

在朋友之間總是揮舞友誼的大旗，一再佔盡便宜、一昧預支友情的人，最後也只會淪為沒有朋友的下場。

朋友之所以願意一再透支彼此的友誼，願意不斷地讓自己吃虧、讓對方佔到便宜，是因為重視這個朋友，只可惜這樣人總是不懂朋友的苦心。

這一輩子所遇見的人，沒有一個人是理所當然應該要對你好的，也沒有人是應該要被你佔便宜的。

很多時候能成功佔到便宜，只是因為他們心軟、他們願意讓你這樣做，甚至是因為他們把你當朋友、當自己人。

天天都想著佔人便宜，只是把自己的格局設限、讓存在感日益渺小，只能利用別人才能生存，沒有一點可靠的本事足以撐起自己。

總想著便宜行事，總靠著小聰明過日子，到最後才發現一輩子汲汲營營只得到一個廉價的人生。
佔來的便宜總是要還的，且不見得會是你以為的方式。
佔來的便宜，用人生來償還，你僥倖度日滿足於便宜行事，侷限了自己的發展。
佔來的便宜，用友情來償還，佔盡身邊人的便宜，後來身邊再沒有留下任何人。
佔來的便宜，用人格來償還，最後只會被定義為一個，眼中只有自己的自私鬼。

你也許覺得佔便宜沒傷害到誰，卻沒發現你正在慢慢凌遲自己。
你也可能覺得被這樣認定太委屈，不過是想要真正做自己而已。
你當然可以做自己，但不要成為一個不顧他人死活任性而為的人、不要成為自私自利的傢伙、不要在做自己時事事都只想到自己。

這是「做自己」跟「自私」的最大差別。

寫給二十五歲的你

有那麼一陣子，你特別討厭自己，也許正巧是你現在的年紀。
心裡急著長大，卻步履蹣跚，想要成為一個讓以後的自己驕傲的大人，卻不知道方向。

你對「長大」的定義是，要走路有風、氣勢凌人；對「成功」的定義是，在摩天大樓裡上班，三不五時就要飛到國外出差。
那時候，還不明白成功不是只有一種樣子，就算長大了也依舊會不知所措。

過了二十年，才終於明白，**原來人不會在一夕之間就長大，成為大人的最大驕傲是沒有忘記最初的自己。**

而且也知道了，成功無法單靠一個人的力量就足以推動，更多時候別人的幫忙才是決定性的關鍵；也弄懂了，把日子過好才是最該達到的成功。總是專注在工作，卻沒有預留時間讓自己好好生活，日子一久，只剩無止盡的空虛。

現在的你，即使年歲增長了，但還是沒有長大多少、始終不像個大人。
你依然無法像其他大人那樣總是正經嚴肅，你甚至還比以前更愛笑了。

雖然在職場打滾了這麼久，卻依舊沒有學會心機盤算、沒有做到為了利己不惜害人。
你狠不下心踩著別人往上爬、你看不慣為了幫自己加分扯別人後

腿、你做不來把過錯弄成黑鍋讓別人揹，你更看不慣背後論是非的假面同事。

這麼不擅長職場腹黑學的你居然能挺過來，活在自己的邏輯，與周邊的險惡相安無事。

那是因為在這些年跌跌撞撞的過程中，你學會不在乎不該在乎的人、不在乎不該在乎的事。

這不是容易的事，你像是愚公移山般慢慢地、咬著牙滴著淚，疼痛地學會。

年輕時的不快樂，更多是茫然的成分，因為不知道自己的未來在哪裡，有太多的不確定因素累積在心裡，讓心情浮動、情緒暴躁，任何一絲風吹草動都可能惹怒你。

生氣的受害者，往往是自己，但總以為能夠藉由發怒改變些什麼。

憤怒時的溝通最無用，對方覺得委屈，你更不明白他為什麼會這樣做。

雙方沉浸在各自的情緒裡，都站在自己的立場拒絕溝通。發怒時，以最難看的臉色、說著最難聽傷人的字眼，想傷害對方，卻更傷害了原本相信對方的自己。

年輕時更多的不快樂，是來自於別人的否定，進而質疑自己。

如果你不加入，他根本無法傷害你、讓你不快樂，你何苦成為企圖傷害你的人的幫兇？

這麼多年的職場生涯，說不累是騙人的。

以前的疲倦帶著天怒人怨的憤慨，總以為全天下都對不起你；分明努力到不能再努力卻只能看著別人成功，還賠上自己的人生。

後來的你調整了生活的重心，找到工作的節奏。

事情發生時怎麼面對，比知道解決方法來得重要。

把考驗看做是必經的難關，不是難以克服的卡關。

把達標的要求當作是激勵，而非不懷好意的苛求。

人生的難題都是為了成就你，是你該遇見的、面對的，而不是老天爺硬要跟你作對。

你學到了體諒，求助就算不被回應，也能明白別人的為難。

你學會了善待自己，明白自己沒有責任必須忙著滿足別人。

至於最無法掌控的愛情，在經歷了幾次的分分合合，從一段段關係出走後，你學到了如何找回自己獨處的能力。

人生在世總要經歷幾次分手，現在談不成戀愛並不代表你就比別人差。

你只是比較慷慨，大方讓別人先開始幸福個幾年。

你只是比較勇敢，捨得多受幾次傷，多學會一些愛人的能力。

你的好不是對方要的，對方的好你不明白，並不代表對方就是個十惡不赦的壞人，**在下一次的相遇裡，你們各自都還是有機會，成為別人生命中的不可替代。**

你不再逼著自己一定要成功，接受自己偶爾冒出的厭世情緒，不必總是高掛晴天娃娃，**連老天爺都做不到天天放晴，身為人類偶爾哭泣又何必逼自己喊停。**

你願意面對自己的軟弱、你懂了可以不必一直叫自己要堅強。
你坦率地放過自己，難過時盡情難過，才能在開心時笑到最大聲。

在見過撒旦之後，你明白了天使有多善良。

人生的難題都是為了成就你，是你該遇見的、面對的，
而不是老天爺硬要跟你作對。

問題不在舒適圈

有個大男生想要離職，跑來找我商量。
「我很喜歡現在的公司呀～但是太喜歡了，讓我有點害怕。」
害怕？
「大家不都說人不能一直待在舒適圈，這樣不會有成長。」
他認真地下了一個這樣的結論，期待能聽見我的認同。

待在舒適圈就沒辦法有所成長嗎？
一聽到這個說法的剛開始，容易讓人反省起自己，是不是過得太安逸了？會不會安逸到放任自己怠惰了？

只是，當我們回顧這些年的努力與發展，不正是因為感覺舒適與安全，才更能夠一展長才嗎？
一定非得要離開舒適圈嗎？
為什麼不能夠在舒適圈裡，安心大膽、好好表現自己呢？

舒適圈對不同個性的人自然會有相異的影響，當然有人會因此懶散，但並不是每個人都無法在舒適圈裡認真打拼。弔詭的是，**很多人的舒適圈其實都來自於其他人的忍耐。**
我們常因為交情、因為不好意思拒絕，逼迫自己忍下很多次不平之氣。
每次吞下那口氣時，都告訴自己：僅此一次，下不為例！
但這個下不為例、那個破例，一次又一次到最後都變成了要命的慣例。
你的忍耐造就他的舒適，他不是不知道，而是覺得你的忍耐是心甘情願的退讓、是你情他願的交情。

交情不就是這樣子來的嗎？

我為你做一些、你為我忍一些。

其實，真正的交情除了我為你做一些、你為我忍一些，還必須加上不委屈對方一些、多為對方想一些。

我們真的有必要為了得到交情，而萬般委屈自己嗎？

為別人所做任何事，只要自己心裡有一點點的不舒服、一絲絲的委屈，就是不對的。

真正的朋友是相處來的，不是討好來的。

當你不再一味忍耐、願意試著表達真正的想法，就能劃出自己的舒適圈，也正是準備好在這個圈子裡大展身手的時候。

那些討好別人得到的廉價友誼，在你敢於開口拒絕後大多會消失得無影無蹤。這是歲月教會你的課題，讓你明白什麼樣的人才是真正的朋友。

到那個時候，對你來說，舒適圈才真正舒適。至於那些過往對你頤指氣使的人，心頭是否舒適早已不能左右你的情緒了。

人在最舒適自在的時候，才能真正發揮長才。

生存是人類最基本的需求，當一個人自我的身心靈獲得平衡與滿足，才能專注在工作表現上。

職場上能不能夠好好發揮，跟是否處在舒適圈的關係不大。

不甘於現況、不甘於平凡是一種心理狀態，即使是處在舒適的環境裡，看見自我表現不如預期還是會頻頻找自己的碴、要求自己加倍努力。

能不能激勵自己努力向上，跟身處的環境無關，取決於自己的心態。

並不是待在舒適圈就不會成長，舒適圈也存在著壓力。

舒適圈裡的壓力如同溫水煮青蛙，因為增加得不明顯往往容易被忽略。壓力不見得一定會轉化成助力，每個人處理壓力的能力、方式各不相同，對有些人來說或許可以成長，但也會讓更多人從此委靡、一蹶不振。

我們總以為抗壓性夠強的人才是負責任的人，令人意外的是，有些責任感越強的人，越常會因為一次的失敗而選擇逃避。無法面對搞砸的自己，他才是最要求、最吹毛求疵、責任感最強的人。

責任感強的人，常也具備細心的特質。

細心的同義詞：龜毛。

細心的修飾詞：負責。

更白話一點來說，經手的事情完成後要送出去前，有沒有先過了自己這一關。

而這些人格特質，不可能藉由履歷或面試就能輕易發現。單靠幾分鐘的瀏覽履歷或是一小時的面試交談，就要百分百確認招聘到的這個人，就是企業要的人才，這可不是一件容易的事。

因此，很多面試官會更趨向於由小見大、見微知著。

我聽說有人因為面試後，記得把椅子擺正歸回原位而得到工作。

也有人縱使履歷再漂亮，卻敗在相談甚歡後沒有好好關上門才離開。

面試官不是笨蛋，來應徵的人們都會拿出最完美的狀態，但他要知道的是沒有包裝過的你。沒有包裝過、也還沒有機會被檢驗的你，是不是真的如同履歷般優秀，沒有人知道，除非有事件發生才能證明實力。

當機會來臨時，不會鑼鼓喧天地引人注意，在無法預知的任何一個時刻，每個人都可能正被檢驗著。因此，大家總是戰戰兢兢，提醒自己隨時做好準備。

然而，實力並不是職場一帆風順的保證，看似一路平坦的遠方，總難保不會有看你不順眼的路障張狂地橫在面前。

那些不懷好意衝著你來的其實不難防備、難的是巧言令色用善意包覆的暗箭，當刺到肉裡、疼到骨裡時，你才會恍然覺悟，原來自己中招了。

勾心鬥角、明爭暗鬥的案例很多，就算你願意與世無爭做好自己的本分，不抱存害人之心，旁人也不見得願意放你清靜度日，還你歲月靜好。

在職場上待久了會越來越清楚明白，沒有一個職位是不能被取代的，差別只在於被取代的速度與難度。

你唯一能做到的，提昇自己被取代的難度，拉慢被取代的速度。

剛剛踏入職場打算大顯身手的人，大多會幫自己設定一個標的，通常會是倍受景仰的高階主管。但，**最後可以成功的人，往往不是成為最初所設定的目標，而是以自己的不同而獲得所有人的認同。**

勇於與眾不同，正是他清楚明白自己的能耐，可以做到什麼地步、能發揮多大的本事，因為夠了解才能心無旁騖地往前拼鬥，因為處在一個夠舒適的環境，他才能放心大膽展現自我。

他不像別人，他只像自己、也只做自己。

堅持做自己夠久，就會有被看見的機會，也會因為這樣的獨一無二、取代困難。

Take your broken heart , make it into art。

拾起你破碎的心，讓它成為藝術。

任何試圖打擊你的，也許已經得逞。

它傷了你的心，它讓你忍不住落下眼淚。

但這些心碎都會在未來變成曾經，只要你願意收拾好自己。

將心碎的苦痛化作努力，你自然能成就一番作為。

今日打擊你、讓你心碎的，就是明日你踩在腳下往更高處走去的墊腳石，是一步步往上攀升的動力。

直到那一天，你安然無恙走過了這幾年職場腥風血雨，再回首看看，只會慶幸自己走過這些曾經，也才明白，唯有走過這些曾經，自然也會得到歲月靜好。

宛如修羅場

「修羅場」這個名詞在日本常被用來形容慘烈的戰場，之前還被拿來比喻婆媳之間如履薄冰的相處。現在更多人把它拿來形容在工作場合中，自己是如何被批鬥到體無完膚的慘況。

很多時候，上班這件事讓人疲累的原因，不僅只是工作過量或挑戰太高。

人際關係的錯綜複雜、人心的難以捉摸，才是最累人的一部分。

對很多人來說，工作環境的舒心程度，比起工作本身是不是讓你喜歡更加重要。

雖然說，老闆花錢是請你來做事，不是讓你來做人的。

但在宛如修羅場般的職場裡，把事情做好固然是展現能力的時機，卻也容易成為備受注目的對象，遭人妒忌。一旦不小心出了錯，平時眼紅你優秀表現的同事，就會趁機落井下石。

畢竟，好不容易讓他逮住機會，肯定要在主管面前數落你的不是，最好把你平常那高不可攀的積分一股腦扣到零分，用盡全力也要把你打到谷底，讓你永世不得翻身。

如此一來，他才能夠踩著你那未寒的屍骨，往上攀升。

如果說，表現太好會遭忌，那乾脆不做事只是擺爛呢？但，真要你擺爛也萬萬做不到吧？

在把事做好之前還得先學會做人，這真的讓人感到很無力。

工作表現太過積極被同事認定愛表現、給別人壓力，總是你一言我一語地冷嘲熱諷，要你留給飯給別人吃。

在這樣的修羅場工作，專注把事做好是不夠的，更難做到的是，

不能只是當個好人，還得學會怎麼防備人。

以前剛進職場的你，常會因為遇見不負責任的同事、混水摸魚的主管，憤而丟出辭呈。那時太天真，看不慣這些薪水小偷，也知道自己沒有能耐改變現況，但至少可以選擇離開縱容那樣工作氣氛的環境。

心裡還抱持著，一定可以找到適合自己的工作環境，不必勾心鬥角、不必懂得做人，只要把該做的事情做好就夠了。

經過了這十幾二十年的職場生涯，最終不得不承認，職場就是會存在許多扭曲的價值觀。

很多人常會埋怨工作無聊，或抱怨被困在不是理想的工作裡，這樣的人整天放任自己沉浸在不滿的情緒裡，卻沒有投入任何心力去改變，那就是浪費自己的人生。

一件表面上看來呆板單調的工作，也有讓人學到專注的能力。

再討厭的工作，也都付給了你每個月的薪水；若因為厭惡工作，就在上班時間擺爛，這就是在偷竊老闆的金錢，這樣的行為跟犯罪沒兩樣。

更殘酷的事實是，在職場上**有關係比有實力來得重要。**

那些讓你最看不慣的人，之所以能夠坐領高薪整天無所事事，靠的不是實力，而是複雜而堅固的關係。

難過的是，有很多的關係是你這輩子不管有多努力也不會擁有的。

然而，沒關係可以靠的人，也不代表沒有機會成功。

如果總是抱怨沒關係可以靠，就決定可以不必努力。那麼，你之所以無法達到想要的目標，絕對不會是因為關係不夠好，而是因為你先放棄了自己成功的可能。

這些年，經歷了一個個職場，也如同走過了無數的修練場。

你不再堅持善良，不再總是選擇原諒。

明白了那些存心利用你善良的人，並不值得原諒，更不需要體諒他們的為難。還懂得要調整標準，不把自己綁死在僵化的原則裡。

事情不是只能問心無愧地做好，也可以善用心機地做對。

沒有什麼絕對的正義、更沒有不可撼動的原則，只要別人不來犯你，你自然也不會去加害別人。

在經歷過被暗箭中傷太多次、揹過太多黑鍋、看盡了各種臉色後，不但練就了刀槍不入的功夫，還學會了不做那個人人想接近要你幫忙的好人，寧願做個不被亂凹的隱形人；又或者，就當個讓人不敢輕易接近的妖魔鬼怪。

懂你的人自然明白你的柔軟，不懂的人就讓他把如何與你相處當作修行。

這世上的工作沒有一個是輕鬆的，很多時候你以為別人做得很輕鬆，那是因為他滴下的汗都蒸發了，他抹去的淚你沒看到。

不管對你來說，工作的目的是為了填飽肚子或是成就自己，都要記得，每一份工作都有痛苦的地方，今天你逃避了將來還是得還，更可能必須加倍奉還在你最窮困潦倒、不得一刻安寧之時。

面對苦痛最好的辦法是，扭轉心態，好好去面對它。

就像那句英文諺語說的：

When Life Gives You Lemons，Make Lemonade！

當生命給你酸檸檬時，就把它做成酸甜好喝的檸檬汁。

總會找到把痛苦變成人生蜜糖的訣竅，很多時候，我們需要的只是多那麼一點的時間，給自己多一點點願意去嘗試的勇氣。

努力多久才可以喊累 ——

不能只是當個好人，還得學會怎麼防備人。

致，強大的你和我

前幾天，因為一場朋友見面聚餐，你路過了上台北後就職的第一家公司。

這公司開在東區一棟辦公大樓內，這麼多年過去了，外觀上沒什麼改變依然屹立不搖。上來台北這麼久了，住得也離這裡並不遠，卻一直沒有找時間回來看看。那天，當你站在一樓看著那家公司的招牌時，突然想起，自己曾經問過當時的主管一個天真的問題：
「工作了十年的感覺是什麼？」

換做是現在，你已經工作過了一個又一個十年，如果被問到「工作了這麼多年的感覺是什麼」這樣的問題，恐怕也是啞口無言，不會有答案的。

但你記得一開始的感覺，那時的你總是認命又拼命。
拼了命地往前闖，根本沒有時間去思考，自己這樣埋頭苦幹做下去到底對不對。你認命地知道，自己沒有回頭的本錢。
沒有條條大道通羅馬般的開闊，眼前只有路迢迢，以及沒家世背景、空有一身膽識的自己，以及不知道可以堅持走到哪一步的茫然。
當時就算做不下去，也沒有動過回南部老家的念頭，你無法承受家人的眼神、不想被擔心、不想成為別人的負擔，你沒有那樣的勇氣去擔下那名為關心的罪名。
寧願在異鄉窮途潦倒，也不能回故鄉安逸度日。
當時，你給自己的就是這樣的龐大壓力。

在那段年歲，其實很多時候已經累到怎麼樣都無法邁開腳步、再多前進一步了。

那些沒有放棄的後來，是因為你咬著牙又多努力了一天，希望明天可能到來的成功就能證明自己是對的。

離鄉背井打拼的人沒有一個是容易過日子的，你我都不是傻瓜，明明都知道眼前的路不好走，何必要一直為難自己？

現在不為難今天的自己，將來就會為難明天的自己。

寧願讓現在的自己日子難過，總好過將來的日子無法過。

眼前的路坎坷難行，你知道就算再苦也不保證會成功，就算拼上了全部的自己也不見得能讓別人理解。

但你也知道轉身離開決定放棄，不會是自己的選項。

如果現在什麼都不試，直接迎向放棄，就無法面對以後的自己。

你從來沒有偉大到想改變世界，想改變的就只是自己的人生。

不想就這樣舉手投降，不想要沒辦法面對二、三十年後的自己。

你的努力不必得到誰的認可，只是要對自己有所交代、只想要讓渺小的一生是可以有所選擇的。

不想要在面對困境時只能哭呀喊的，不想要看著難題卻只能束手無策。必須闖過的、一定要面對的始終是自己心裡那一關，這點你始終清楚。

選擇了怎樣的人生，就要面對怎樣的困難，每個人心中自有準備。

那段開始拼鬥的日子裡，雖然每天都不知道自己這樣做到底對不對，即使每天面對工作的壓力、生活的瑣碎、無時無刻衍生出的麻煩，總是一件又一件盤根錯節。但，在那段最苦的日子裡，就算身體是累的，精神是負擔的，卻始終覺得對得起自己。而這樣的情緒讓你苦得很快樂，也支撐著你一路走到了今天。

今天的你已經可以決定要成為什麼樣的人了，你帶著自己走上的路，不管是挫敗或成功，都是心甘情願的。每一次停下腳步後做出的決定，同樣帶領自己走向了最想要的未來。

回想著這一路上的自己，從來沒有人對你許下任何承諾，也沒有人給出一場保證會成功、才去努力的交易。
一開始只是抱著「不試試看，怎麼知道自己行不行？」的莽撞，就這樣不知疲累、不願服輸地來到了今天。是你的勇氣帶著自己從一無所有，到一一實現了自我。即使今天還沒有獲得想像中的功成名就，回首這段過程用力刻下的軌跡，讓你的人生不是只留下一頁頁的空白。
你還是會繼續倔強地走下去，朝著想去的方向，一貫地昂首闊步。

在最後的最後可以完成夢想的人，並不是在最初的最初就原本強大的人，而是在企圖完成的過程中，因為努力而變得強大的你我。
致，強大的你和我。

輯五。
成為家人 ─────

願世界所有的好，皆與你有關。

願這世界的好都與你相關

朋友會在無形之中相互影響，包括人格的形成、個性的潛移默化，都歸入朋友的影響範圍之中。

在年紀還小的時候，友誼比天高，朋友的要求總是急急忙忙回應，不敢怠慢也不想怠慢。

年少輕狂時認識的朋友，見過最沒把握的你、也見過最不知道天高地厚的你。你們一起發誓要變成很厲害的大人，卻也一起感歎好難好難。

原本以為一輩子都不會分開的你們，卻在人生路上的某一個時間點突然分了叉。你決定繼續練習困難一點的事情，朝著成為厲害的大人去努力；他則選擇隨遇而安，讓人生照著自己想要的樣子，一天天慢慢地、好好地過。

在這之後，忙碌的生活隔在你們之間成了一道汪洋大海，偶爾停下腳步抬頭看著那晴朗無雲的藍天時，就會想起他。

你會想起來要關心一下他，卻總是對不上空檔，只能偶爾聊上兩句，交換一下彼此近況才能讓你心安。

後來再認識的朋友，已經很難再帶給你那麼純粹的快樂了。

即便對自己都感覺到失望的時候，他卻自始至終都相信你一定辦得到。你們的感情帶著對年少的想念，只要一碰了面，就會回到那個最初的自己。

你們見過對方所有的狼狽，明白彼此最初的夢想。

在有人迷失了方向的時候，所幸對彼此的關心總能領著你們安然脫困。

你們也許分隔兩地，也並不是最常見面的朋友，卻肯定會是第一個願意為了對方趕到、竭盡全力幫忙的那一個。

在陪伴對方走過的年少裡，在真心誠意的相處過程中，常會在無意中教會了彼此一些什麼。

年少時的你，握在手中的東西太少，你總是特別小心翼翼地計較。你計較自己的付出對方有沒有對等的回應、你計較給了出去之後自己一無所有了該怎麼辦。

是朋友教會了你，善意不該是這樣評斷的。

是朋友教會了你，仔細算計換不來真感情。

是朋友教會了你，付出越多反而更能得到。

在成長的路上，分離是避免不了的課題。

我們從一開始的依依不捨，到後來明白有些朋友的相遇，只是為了陪自己走上一段路後就會分開。這裡面沒有交惡，卻再也沒有聯絡。

時間沖散了你們，彼此的臉孔在人海中漸漸模糊。

不論曾經是同學或同事，在離開共同生活圈後變得生疏、不再密切聯繫，不是因為他現實或太過忙碌。

不管再忙，為了夠重要的人，時間總能撥得出。

忙碌只是一個讓大家都能過得去的藉口，也不必把人心想得如此崩壞，這段交情對你們來說原本就是可有可無的交集，他本來就沒那麼喜歡和你混在一起。

你們注定是彼此人生的過客，一起歡笑過就已經足夠。

至於那些分不開的老朋友，更像是自己選擇來的家人。

你們在彼此的面前，從不刻意假裝，完全明白對方的缺點、壞脾氣，還看盡這一路上跌跌撞撞的傷疤。

見了面就要鬥嘴，不管分開了多久都不會讓你們變得生疏，總會為彼此空出一段時間、保留一個位置。

年紀越大越能接受彼此的古怪，寬容地視為對方的個人特色。

你總以為自己越來越成熟，並且有自己的想法，卻毫不自覺其實是越來越有所堅持、越來越不願意妥協、越來越彆扭孤僻、不喜歡認識新朋友，這些都讓你與人越來越保持距離，在別人眼中成為難以接近的人。

但你的這些難搞，老朋友都懂，他們全盤接受，因為你們是另一種家人。

世事如此煩雜，你原本如此厭世卻總是笑得出來，是因為只要抬頭尋找，就能看見老友在路的那一頭等著自己。

即使你們的人生已經走上不同的方向、即使不能夠時時陪在彼此身邊。

人生在世你已無多所求，只願這世界的好都與他們相關，更感謝老友們漫漫人生長路上的相伴。

勒索同情

「勒索同情」是每個人很常遇到的狀況，正因為太習慣了、又或是不自覺，當狀況發生就是一笑置之以對，於是這樣的勒索就會一而再、再而三地出現。

甚至，很多時候我們本身就是那個勒索犯，藉由這樣的方式博取友情、愛情甚至親情。

身為一個正常人，同情心是必備，**適度的善意是同情，但過分的要求就成了勒索。**

那些被需索無度的人，應該多多少少都想過這一個問題：
為什麼總是找上我呢？
當疲於奔命只為了應付這些勒索時，難免會浮現這樣的念頭。

為什麼？
因為只有你會有反應，這些勒索只會在你身上生效。
為什麼？
因為你總會一而再再而三的回應，讓他們習慣把自己的難題硬塞進你手上。
沒人會先過問你的意願，更沒人管你要或不要；既然沒有其他人在乎或是有反應，當然就只能夠對你下手。

除了你是個容易心軟的人之外，恐怕也是因為你太在乎別人的肯定、太渴求被認同，才招來這樣的對待。
你模模糊糊地記起小時候，大人爭吵時總會把你拉入戰局，到後來還會說是為了你好，他們才選擇分開。

總之，他們的人生之所以如此悽慘都是你造成的。

你從那時候開始相信自己是個罪人，這莫名的負罪感就這樣一路緊緊跟隨著你，讓你總是不敢光明正大的快樂，好像過得太開心，就會對不起誰。

這些總說著是「為了你好」的人，正是最懂得如何勒索你、博取你同情的人。

他們先是脆弱無助地出現，忙不迭地與你分享心事，訴說著自己如何被漠視、沒有人關心。

你不能不管我呀～

你怎麼忍心不理我～

他們擅長從訴苦的內容中，不斷傳送出這樣的訊息，而善良的你一一接收，你不忍心讓他們陷入困境，根本無法拒絕他們的要求。你十分清楚「**不要用自己的困境勒索別人的同情，別人願意伸出援手，那是因為他善良而非他應當。**」這樣的道理，卻不懂如何拒絕他們的勒索。

一開始你還試著告訴自己，他們是需要你，不是利用你。面對外人時你事事強悍，不輕易讓步；唯獨面對他們，你根本無力招架。他們的勒索沒有停止，你的回應也更急更快。

這麼多年過去了，你終究還是累了，並且開始覺得事情不太對勁。

小時候害怕被遺棄的深層恐懼，趴在心中的那塊浮木上，冷眼望向自己。為了不被留下，你一直是最安靜的孩子，乖巧懂事，總

是自己張羅著生活。

平時最讓人放心的，才是最該擔心的對象。

他不習慣把心事說出口，而是躲起來偷偷一人獨自傷心。

你是最懂得把自己照顧好的那一個，卻不懂原來需要的時候是可以尋求支援。你不知道人可以有脆弱的時候，需要幫助不是錯，卻早已習慣不麻煩任何人。

這一年來，你分明數度經歷幾場風風雨雨，這些平常總勒索著你的同情的人，卻連一句關心都沒有。

即使，是最表面的問候。

即使，是最冰冷的短訊。

你在欲哭無淚之際，在走投無路那時，居然還偷偷渴望著他們給的溫度。幾次落空後，你放棄了等待。

痛到了絕境之後，人會突然清醒。在幾次的情緒潰堤後，淚都還沒擦乾時，也終於死了心、終於想通了。

自己並沒有虧欠任何人什麼，每個人都必須要自己負責各自的人生。讓自己開心快樂才是人生大事，其他人的人生就還給他們各自忙碌就好。

你開始試著把自己的重要性放大，不把別人的需要擺在自己情緒之前。

你要把自己的日子過得好，要讓自己夠開心，再也不會覺得對不起誰。

依賴是需要練習的

妳沒有想過都到這把年紀，居然還必須學著去依賴誰。

這一輩子獨立慣了，總是一個人瀟灑地來去自如。
向來最害怕沒必要的牽連，怎麼會知道卻在年過四十後，招惹上一個總是擔心著自己的男人。他擔心妳總在加班太過努力工作、擔心妳不懂得照顧自己、擔心妳太逞強不輕易開口求助。
起先妳感覺這樣的他太過婆媽，恨不得早早斷了聯絡，老死不相往來。
但這世上的事，本來就不是妳說東就不會往西走的。
你們原先真的只是朋友，是他一廂情願地牽掛著妳。

公司樓下就是捷運站，離妳溫暖舒適的小窩只有十五分鐘的路程，但在某個該死的晚上，家卻遠得像是海角天涯，妳累到沒有辦法啟程。
那是一個再度加班的夜晚，好不容易可以喘口氣、收拾好要回家時已經接近十點。妳全身上下注滿疲憊，整個人癱在捷運入口動彈不得。
不知道在原地待了多久，正想起身伸手攔車卻攔到了他。一看見熟識的臉孔，妳居然開始放聲大哭。
在那一刻，妳意識到自己完蛋了，骨子裡的驕傲與瀟灑毫不眷戀**轉身離開、光速逃竄，離妳很遠很遠**。

在那個晚上，妳沒有辦法一個人獨處，他牽著無助的妳回家。
他領著妳到家，關於妳的淚水不多問一句，因為他懂得妳的彆扭。

從來不輕易讓人看見的淚，卻在那一個晚上哭濕了他的肩膀。
他陪了妳一個晚上，苦等妳哭得累到睡著，才輕輕掩門離去。

這麼懂事的妳對男人的要求其實很少，少到只要他不是個混蛋，光是這樣就彌足珍貴，光是這樣就能讓妳點頭。
而這個男人贏在他不只懂得如何不當個混蛋，他還懂得妳。
跌破了全天下人的眼鏡，也不足以形容聽說你們在一起時我的驚訝。覺得我反應太過 Drama，妳狠狠瞪了我一眼。

妳說，妳其實願意學會依賴某個誰，只是不喜歡依賴別人時軟弱的自己。
再說，妳也不習慣顯得軟弱的自己，軟弱是離妳很遠的曾經。

小的時候妳很怕黑，知道這個弱點的鄰居玩伴，好幾次把妳關進漆黑一片的廁所裡，只為了好玩。
孩子們的惡作劇反應出人性最原始的醜惡，明明知道妳的軟弱卻還是非要往那兒捅上一刀，只因為妳的反應很有趣。
有一次，妳在廁所裡足足哭了一個小時，後來突然就不哭了。因為，就在妳哭得最大聲的時候，居然聽見他們的嘲笑聲。

從那一刻開始，妳決定要學會忍耐，既然沒有人在乎，害怕就顯得多餘了。
後來，又被惡作劇了幾次，就算心裡再害怕妳都忍住沒哭，覺得無趣的他們轉移了目標，去霸凌其他哭得更大聲的孩子。

這樣的結果讓妳更加相信，只要不被知道弱點就可以保護自己一路安全過關。妳就這樣忍耐著很多不合理的事，與人保持著疏離的距離。

一直獨立逞強了這麼多年，這時候的自己突然浮現了「想要依賴誰」的念頭，這個改變讓妳相當憤怒，甚至覺得被自己背叛了。

妳從被關進漆黑的廁所時就看懂了，人到頭來還是要自己去面對很多事。沒有誰會陪在身邊一輩子的，就算是自己的影子，當隱身在黑暗裡時，連影子也會拋棄妳。

更何況依賴的習慣一旦養成便好難戒除，那種失控的感覺真可怕。

我看著妳，明顯是害怕自己失控多過於排斥接受他。妳害怕毀了現在的舒適人生，妳害怕養成依賴後又被拋下，妳害怕東又害怕西，最害怕的無非是自己真的愛上他。

人之所以會害怕失去是因為早就擁有，否則，妳為什麼要擔心未來的失去？

在妳還在抗拒排斥時，其實，妳早已在不知不覺中開始依賴他。

我明白像妳這樣好強的人，很難輕易相信別人，更難找到一個可以讓妳放心在他面前願意示弱的人。

我不是非要妳在他面前一一細數自己的傷疤、展現自己的脆弱。

我只是希望妳要相信，總會有那麼一個人，讓妳相信自己曾經嗤之以鼻的愛情。

我只是希望他會好好接住妳的眼淚，會在需要的時候給妳最暖的擁抱。

我只是希望當妳不再抗拒在他懷裡安歇，會願意相信這一次真的遇見了永遠。

我只是希望他會是那個人，讓妳以前不敢相信的，現在都弄懂了。

妳終於弄懂了，一路上的曲折與孤獨，是為了在遇見的時候懂得他的不同、願意跟他開始一個可能。

我只是希望妳要相信，總會有那麼一個人，
讓妳相信自己曾經嗤之以鼻的愛情。

努力多久才可以喊累

作　　者｜艾莉 Ally
發 行 人｜林隆奮 Frank Lin
社　　長｜蘇國林 Green Su

出版團隊

總 編 輯｜葉怡慧 Carol Yeh
企劃編輯｜鄭世佳 Josephine Cheng
封面裝幀｜木木Lin
版面設計｜木木Lin
內文排版｜譚思敏 Emma Tan

行銷統籌

業務經理｜吳宗庭 Tim Wu
業務專員｜蘇倍生 Benson Su
業務秘書｜陳曉琪 Angel Chen、莊皓雯 Gia Chuang
行銷企劃｜朱韻淑 Vina Ju、鍾依娟 Irina Chung
　　　　　蕭震 Zhen Hsiao

發行公司｜悅知文化　精誠資訊股份有限公司
　　　　　105台北市松山區復興北路99號12樓
訂購專線｜(02) 2719-8811
訂購傳真｜(02) 2719-7980
專屬網址｜http://www.delightpress.com.tw
悅知客服｜cs@delightpress.com.tw
ISBN：978-957-8787-25-4
建議售價｜新台幣350元　　　首版一刷｜2018年04月　　　五刷｜2018年06月

國家圖書館出版品預行編目資料

努力多久才可以喊累／艾莉著. -- 初版.
-- 臺北市：精誠資訊, 2018.04
　　面；　公分
ISBN 978-957-8787-25-4(平裝)
1.戀愛 2.兩性關係

855　　　　　　　　　　107005421

建議分類｜心理勵志

讀 者 回 函

《努力多久才可以喊累》

感謝您購買本書。為提供更好的服務,請撥冗回答下列問題,以做為我們日後改善的依據。
請將回函寄回台北市復興北路99號12樓(免貼郵票),悦知文化感謝您的支持與愛護!

姓名:＿＿＿＿＿＿＿＿＿＿ 性別:□男 □女 年齡:＿＿＿＿歲

聯絡電話:(日)＿＿＿＿＿＿ (夜)＿＿＿＿＿＿

Email:＿＿＿＿＿＿＿＿＿＿＿＿＿

通訊地址:□□□-□□＿＿＿＿＿＿＿＿＿＿＿＿

學歷:□國中以下 □高中 □專科 □大學 □研究所 □研究所以上

職稱:□學生 □家管 □自由工作者 □一般職員 □中高階主管 □經營者 □其他＿＿＿＿

平均每月購買幾本書:□4本以下 □4~10本 □10本~20本 □20本以上

- **您喜歡的閱讀類別?(可複選)**

  □文學小説 □心靈勵志 □行銷商管 □藝術設計 □生活風格 □旅遊 □食譜 □其他＿＿＿＿

- **請問您如何獲得閱讀資訊?(可複選)**

  □悦知官網、社群、電子報 □書店文宣 □他人介紹 □團購管道

  媒體:□網路 □報紙 □雜誌 □廣播 □電視 □其他＿＿＿＿＿＿＿＿

- **請問您在何處購買本書?**

  實體書店:□誠品 □金石堂 □紀伊國屋 □其他＿＿＿＿＿＿＿＿＿＿

  網路書店:□博客來 □金石堂 □誠品 □**PCHome** □讀冊 □其他＿＿＿＿＿＿＿＿

- **購買本書的主要原因是?(單選)**

  □工作或生活所需 □主題吸引 □親友推薦 □書封精美 □喜歡悦知 □喜歡作者 □行銷活動

  □有折扣＿＿＿折 □媒體推薦＿＿＿＿＿＿＿＿＿＿＿＿＿

- **您覺得本書的品質及內容如何?**

  內容:□很好 □普通 □待加強 原因:＿＿＿＿＿＿＿＿＿＿＿＿

  印刷:□很好 □普通 □待加強 原因:＿＿＿＿＿＿＿＿＿＿＿＿

  價格:□偏高 □普通 □偏低 原因:＿＿＿＿＿＿＿＿＿＿＿＿

- **請問您認識悦知文化嗎?(可複選)**

  □第一次接觸 □購買過悦知其他書籍 □已加入悦知網站會員www.delightpress.com.tw □有訂閱悦知電子報

- **請問您是否瀏覽過悦知文化網站?** □是 □否

- **您願意收到我們發送的電子報,以得到更多書訊及優惠嗎?** □願意 □不願意

- **請問您對本書的綜合建議:**＿＿＿＿＿＿＿＿＿＿＿＿＿＿＿

- **希望我們出版什麼類型的書:**＿＿＿＿＿＿＿＿＿＿＿＿＿＿＿

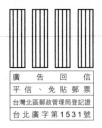
SYSTEX 精誠資訊　|　dp 悅知文化 Delight Press

精誠公司悅知文化　收

105 台北市復興北路99號12樓

------------------（ 請沿此虛線對折寄回 ）------------

努力多久才可以喊累

dp 悅知文化 Delight Press